ラルーナ文庫

獅子王と秘密の庭

柚槙ゆみ

JN105207

三交社

CONTENTS

Illustration

吸水

獅子王と秘密の庭

本作品はフィクションです。
実際の人物・団体・事件などにはいっさい関係ありません。

第一章　運命の始まり

　やわらかなランプの明かりが、部屋のベッドサイドで揺れていた。蔦《つた》を模《かたど》ったクリーム色のダマスク柄の壁が、そのランプに照らされている。真っ白な猫足のスツールがベッド脇《わき》に置かれ、その上で膝立《ひざだ》ちになっているテオハルト・ウォーリナーは母の手をしっかりと握っていた。

「かあさま、だいじょぶ？　もう、おきゆ？」

　テオの大きな黒い瞳《ひとみ》は同じ色の長い睫《まつげ》がくっきりと縁取り、心配の色を滲《にじ》ませている。小さな手は母の手を撫《な》でていた。

　美しい金髪に青い瞳の女性、テオの母親マリアナ・ウォーリナーはベッドで横になっている。細面の顔は頬《ほお》がこけ色白を通り越して血の気がないように見えた。ランプのオレンジ色の光が多少は顔色をよく見せているが、明らかに健康体ではないのが見て取れる。

「まだ小さいのに、テオは母さまを心配してくれるのね。ありがとう」

「いしょ、ねゆ？」

テオは母のベッドに入りたくて仕方がなかった。いつもは自分の部屋で眠るのだが、今日は母の体調がよくないと知っている。だから不安と心配で離れたくなかったのだ。

「いいわよ。ほら、ここにおいで」

母が毛布をめくって入るように促してくれる。母のぬくもりの残るベッドへ潜り込むと安心できた。テオの背中を、やさしく一定のリズムでトントンと撫でてくれる。テオはそれが大好きだった。

「いい？　テオ。あなたはあなたを愛してくれる人を大事にするのよ？　もちろん自分自身のことも」

「あい？」

まだ三歳のテオには、母の言葉の全《すべ》てを理解するのは難しい。けれど、とても大切なことを言われている、とそんな雰囲気だけは読み取れた。

「そうよ。愛というのはなによりも強いの。テオも母の愛をいっぱい受けて大きくなったのだから」

丸く小さなテオの頭を撫でながら、母がやさしい声で話してくれた。鼓膜にやわらかく響く母の声は、安心できて心が満たされる。テオは心地よく暖かいベッドの中でウトウトし始めた。なにも心配することはなく、ただただ幸せの中にいる。いつまでもそんな時間が続き、母はテオの傍《そば》にいてくれると思っていた。また元気になれば、また一緒に遊んでもらえるはずだ。テオはそれを願い、そうなると信じて疑わなかった。

テオの世界は、リカドールにあるラニステル城の母がいる場所が全てだった。愛に満ちあふれたこの場所が好きで、父と兄、さらに様々な使用人がいつもテオに笑顔を向けてくれた。幸せな記憶は今もテオの中にある。これまでも今も、そしてこれからも変わらず幸福に包まれて生きていくのだ。

カーテンの隙間《すきま》から、薄暗い部屋に一筋の光が濃紺の絨毯《じゅうたん》に落ちていた。何度か瞬き《まばた》をすると、眦《まなじり》を一筋の涙が伝い落ちる。

「母さま……」

起きたばかりのテオは、掠《かす》れた声で呟《つぶや》いた。上半身を起こし、上手く開かない目を擦《こす》る。満ちていた気持ちが一気に萎《しぼ》んでいく。その感覚が切なくて嫌いだった。母の夢を見て、目が覚めるといつもこんな気持ちだ。

「はぁ……」

ため息を吐《つ》いてベッドから下りる。今はもうスツールを踏み台にしてベッドを上り下りしていない。だがテオは体型も中身もまだまだ子供だった。今でも母の愛やぬくもりを必要としている。しかしその母も一年前に病で亡くなり、もうこの世にいない。

——テオ、愛を大事になさい。与える愛も、与えられる愛も。

母は命の灯火《ともしび》が消える前に、そんな言葉を残した。なによりも愛が大切だとテオに教えて旅立ったのだ。あのつらい日から一年が過ぎた。どこにいても感じていた母のぬくもりはもう傍にはない。

その日、城内はピリピリした緊張感に包まれていた。早くに目が覚めたテオは、部屋の扉の隙間からそれを眺めそわそわしている。

(僕も、今日は兄さまと一緒に出陣だ)

六歳になったテオは、今日が初陣となる。準備をするので部屋で待っていろと五歳年上である兄のヘクター・ウォーリナーに言いつけられたのに、我慢できずに顔を覗《のぞ》かせていた。

リカドールは北の国エンリータと長年戦争状態にある。国境になるマスナール山の鉱脈を巡って、先代から争っていた。とはいえ、リカドールが常に貧困に喘《あえ》いでいる貧しい国だから戦争をしているというわけではない。東には豊かな漁港を有し、大海を挟んでマスルニアとは友好国として国交がある。

城下町にはたくさんの国民が生活を営み、商店が所狭しと立ち並ぶ。だが戦争状態になると国民の生活は一転する。戦争に勝利するため、様々なものを供出しなければならないのだ。そうなると国民の生活はたちまち逼迫《ひっぱく》する。もちろん人も戦力として駆り出されるので、開戦するのを人々は恐れていた。だがウルリヒ王は戦いを好む血の気の多い君主のため、休戦はあるものの長い間、戦争状態である。

ラニステル城はリカドールの一番奥に城を構えていた。その城の後ろにはスンドラ山が聳《そび》え、麓《ふもと》の南西、標高九二〇から一三〇〇平方メートルにバラシア樹海が広がる。何人《なんぴと》をも近づけないその樹海には、獣人が住むという噂《うわさ》が昔からあった。樹海の奥へ入れば獣人に食われるとか、神隠しに遭って姿を消すと噂されていた。上手くして出てこられても、魂が抜かれ生きた屍《しかばね》にされてしまうのだという。そんなこともあり、リカドールの国民も他国の人間も誰《だれ》一人として近づかない。その樹海を背にしているラニステル城は、難攻不落の樹海城と呼ばれていた。

しかしそうは呼ばれてはいるが、その美しいた佇《たたず》まいは不穏なものではない。朝日に照らされるとその白い城壁はいっそう輝き、夕方になると城下町に並ぶ家々の屋根はさらに赤く濃くなり、城は勇壮なオレンジに染められる。ラニステル城が白いのは一度も血に染められたことのない城として有名で、戦では百戦錬磨を誇っていた。

城にいくつもある青い尖《とが》り屋根はテオのお気に入りだ。夕日に照らされると幻想的な紫色になり、その瞬間を見るのがとても楽しみだった。

リカドールの王族は代々戦を好む一族で、血の気が多く勇ましい人物が多い。それは現王のウルリヒも同じで、しっかりと王族の沸き立つ熱い血を継いでいた。

まもなく休戦が終わり、国民の恐れる戦争が始まる。しかしテオは国民がそんな思いをしているとは微塵《みじん》も知らない。今日の初陣を誇りに思っているし、これでようやく一人前の男として認められると誇らしい気持ちなのだ。

（まだだろうか。僕も早く準備したいな）

城の中を使用人たちが忙しそうに行き来している。そしてようやくテオのもとにも世話係がやってきた。

「テオハルト様、まだお部屋でお待ちくださいと申し上げましたが」

世話係のライドもすっかり戦の準備が整っている。いつもは身につけていない胸当てや、脇には鞘《さや》に収まった長剣が下がっている。それを見るとテオのテンションも上がってしまうというものだ。

「ライド、早く僕にも剣を持たせてくれ」

テオの傍にやってきたライドの手を取り、部屋に引っ張り込んでせがんだ。しかしライドの表情は苦渋を含んだような顔で、それがどうしてなのか全く分からなかった。

「テオハルト様は剣をお持ちになれませんよ？」

「え？　どうしてなのだ？」

「剣の練習をなされておられませんし、これはとても危険なものなのです。練習なくして、手にすることは叶《かな》いません」

テオの前で跪《ひざまず》き、シャツを着せてズボンを穿《は》かせ、膝上まである青いローブを着せながらライドが言う。その言葉に不服を覚え、テオの唇はツンと尖った。

「だが僕は今日が初陣なのに、剣を持てないなんておかしいではないか」

「戦場は遊び場ではございませんよ。リカドールのために命をかけて戦う場所です。それにテオハルト様には特別な力がおありなのですから、王もそれを期待されているのですよ」

ライドと話しながら、テオの準備は着々と進んでいく。鏡に映る自分の姿はいつもの着衣とはまるで違う。違うのになんだか戦場へ行く格好ではない姿に不満いっぱいだ。

青のチュニックローブは、腰の辺りを茶色の革ベルトで締められている。下は白いパンツと黒の膝丈ブーツを着用させられた。

青はリカドールの国色だ。白地に青のラインが中央で交差し、その真ん中には赤い円に囲まれて鷹《たか》の紋章が金刺繍《きんししゅう》されている。美しく威厳のある国旗だ。その国旗が城の様々な場所に掲げられていた。

「僕も父王さまや兄さまのお力になりたいのに」

「テオハルト様は、テオハルト様ができる一番のことをなさるのです。はい、準備が整いました。中庭へ参りましょう。陛下がお待ちです」

「うん」

テオは黒くて大きな瞳に期待を滲ませる。額を隠す細くやわらかなテオの髪がふわふわと揺れた。

ライドとともに中庭に出てみると、青く抜けるような雲ひとつない空が広がり、春の風がテオの頬をくすぐる。そこにはたくさんの兵士たちの姿があった。みな鎧《よろい》を身につけ剣を装備し、中には身長より長い槍《やり》を持つ者の姿もあった。騎馬隊も準備はできているようで、鎧を纏《まと》った馬が興奮気味に嘶いていた。

「父王さま！」

その中でひと際強いオーラを放つ父、ウルリヒ・ウォーリナーの姿がある。金色に輝く荘厳な鎧に身を包み、青いマントを風に靡《なび》かせている父のもとへテオは走った。

「テオ、準備はできているのか？」

「はい、父王さま！　ですが、僕も一人で騎乗したいのです」

父を見上げたテオは勇ましくそう申し出る。本当は剣を持ちたい、と言いたかったが、剣の練習をしていないのはテオ自身が分かっていた。だからせめて一人で騎乗したいと思ったのだ。

「馬はまだ早かろう。もう少し大きくなってからだ」

テオはまだ一人で馬に乗れない。練習はしたのだが、どうしても体格的な問題で小型の馬でも乗りこなすのは難しかった。仕方なく初陣は兄と同乗することになっている。それでも一人前の男として扱って欲しいと願うテオの、精一杯の背伸びだった。

父がテオの頭をやさしく撫でてくれる。長身で体格がよく口髭《くちひげ》の立派な父は、普段はテオにもやさしい。しかし戦となると人が変わったように恐ろしくなる。そんな父を見るのは少し怖かったが、憧《あこが》れの存在には変わりなかったので尊敬する気持ちは尽きない。

「父上、テオは僕と一緒に参ります」

まだあどけなさを残す兄のヘクターが姿を見せた。たった五歳違うだけなのに、ヘクターは銀色の鎧を身につけ乗馬も一人前にこなす。

ヘクターは長い銀髪に切れ長でグリーンの美しい瞳を持っており、テオとは全く似ていない。それもそのはずで、二人の母親は異なっている。

マリアナを第二王妃として迎えたのはウルリヒの独断だった。すぐにテオが生まれ、リカドールには二人の王子が誕生した。

第一王妃、ヘクターの母アデリンは美しい女性だが、気が強く自己主張が激しかった。第二王妃を娶《めと》る際も、ウルリヒとかなり揉《も》めたと聞く。しかしその話もテオが生まれる前の出来事だ。マリアナが亡くなった今は、母の生まれやウルリヒとの出会いがどうだったのかテオは知らない。

しかし母が違っていても、兄のヘクターはテオによくしてくれていると思う。城の使用人たちは、ヘクターのテオに対する態度が冷たく情がないというのだが、テオ自身はあまりそう感じていなかった。

父を尊敬し目標としているヘクターは、戦に関しては厳しい面がある。僅《わず》か十一歳にして一人前に戦へ出るのだ。そんなヘクターから見たら、テオはまだ六歳だが軟弱に映るのだろう。

「僕は、父王さまのお馬に乗りたいです」

不服を顔に浮かべてそう言うと、ヘクターの涼やかな目がテオを睨《にら》んだ。その視線にテオはビクッと体を強《こわ》ばらせた。

「父上は前線に行かれるんです。私やテオのように足手まといがいると、父上の邪魔になります」

「僕は邪魔になんてならないですっ！　父王さまのお役に……」

「テオっ！」

兄の叱咤《しった》が飛んできた。今度こそもう口答えはできなくなる。ヘクターが本気で怒っているのが分かったからだ。そんなテオの前にウルリヒが膝を折り、同じ目線に下りてきた。そしてテオの両手を取り手の平を上に向ける。

「テオ、お前にはとても大事な仕事がある。この手を使って、お前にしかできないことをするのだ。私もヘクターも、お前が必要だ。だから初陣を認めた。それは分かるな？」

ウルリヒに諭されるようにそう言われ、自分が頼りにされていると知って驚いた。不満げな顔は光が差したように明るくなり、瞳は期待と気力に満ちていく。誇らしげな表情で父の目を見てテオは頷《うなず》く。

「はい、分かりました。父王さまと兄さまのお役に立てるように、僕、頑張りますっ！」

たとえ一人で馬に乗れなくても、剣を振れなくても、ウルリヒやヘクターから頼られていると分かりうれしかった。

（僕も父王さまのために頑張らなくては）

ウルリヒがヘクターを連れて騎士団長のもとへ行ってしまい、出発までうろうろしないで待っていなさいと言いつけられた。しかし初陣のテオにとっては騎馬隊長や騎兵隊長などが集まるこの場所はとても興味をそそられる。好奇心は抑えられず、言いつけを破って中庭を散策し始めた。

（そうだ。母さまからいただいたあのお守り、持ってくるのを忘れてしまった）

テオは踵《きびす》を返して城の中へ駆け込んだ。マリアナが亡くなる前に、テオが戦へ出るようになれば必要だからと、手製のお守りを作ってくれたのだ。手の平に乗るほどの小さな袋の中に、青い小石が入っている。国色の美しいその石は、母がこの城に来たときから大切にしていたものらしい。それをテオに持たせてくれた。

（いつもは起きたらすぐに首から下げるのに、今日は――）

初陣だと思うと落ち着かなくて、すっかり忘れてしまったのだ。ようやく二階の自室に辿《たど》り着いて扉を開けようとしたとき、目の前にアデリンが姿を見せた。ウエーブのかかった美しい銀の髪は腰ほどまであり、ヘクターと同じグリーンの冷たい瞳がテオを見下ろす。

「おや、テオ？　今日は陛下に付いて初陣ではないのですか？」

「は、はい。初陣で、ございます」

アデリンに向き合ったテオだったが、実はこの王妃が苦手だ。言葉はやさしいのに目が笑っていない。まるで忌み嫌う者を見るような、そんな雰囲気をアデリンの視線に感じる。

だから彼女の前に立つと体が萎縮《いしゅく》し、言いたいことの三割もしゃべれなくなるのだ。

「ならば陛下の足手まといにならぬよう、ヘクターの邪魔にならぬようになさい。そなたのせいで二人の命に危険が及ぶような事態になれば、私はあなたを許しませんよ」

頑張りなさい、とアデリンが冷ややかに微笑《ほほえ》んだ。しかしテオは彼女の敵意や憎しみを感じ取り、返事すらできなかった。アデリンはいつもと変わらず、パールホワイトを基調にした美しいドレスに身を包んでいて、優雅に裾《すそ》を翻して行ってしまう。その後ろ姿を見て、ホッとしたテオはようやく部屋に入る。

（王妃さま……僕がお嫌い、なのだな。母さまのことも、あまりよく思っていなかった。僕、なにかしたのだろうか……）

ついさっきまで勇んでいた気持ちがすっかり萎んでしまった。テオはベッドサイドテーブルの引き出しからお守りを取り出す。それを首にかけて、小さなキャメル色の袋を両手で摑《つか》んだ。胸の前で握りしめ、母を思って祈る。

（母さま、僕は見事に初陣を制して帰って参ります）

人とは違う能力がある自分に感謝をして、テオはヘクターの操る馬に同乗し戦地へと赴いたのだった。

隊列を組んで戦線拠点を目指す。背中に兄の気配を感じながら馬の背に揺られるテオは、隊列する他の兵士を観察する。若い者もいれば父と似た年齢の者もいた。辺りには馬の蹄《ひづめ》が土を蹴《け》る音が地響きのように聞こえ、巻き上げられた砂煙で僅かに霞《かす》んでいる。

「テオ、あまりキョロキョロするな。しっかり前を見ていろ」

「……っ、はい、兄さま」

そわそわ落ち着かなくて仕方のないテオだったが、兄に注意されて慌てて前を向いた。

馬で移動して数時間、到着した場所は辺りをぐるりと見渡せる高台だった。すでに先遣隊が到着していたのか、たくさんのテントと国旗が立てられてある。小高い丘になっているこの場所は、敵の侵攻があってもすぐに発見できるいい陣取りだった。辺りにはまだ緊迫した空気は流れておらず、夕焼けが周囲を美しい朱色に染めていた。

「綺麗《きれい》だ」

兄の馬から降りて景色を望む。橙《だいだい》色の中に薄紫や紺碧《こんぺき》が混ざり合い、遠くに見える森も、足元の乾いた大地も幻想的に染め上げている。ほんの僅かの間、その景色に心が奪われた。

その後、テオは陣の一番奥にある大きなテントに案内される。そこには人一人が横になれるほどの麻布がいくつも敷かれていて、ガランと寂しい印象の場所だ。一番奥に足首まである濃紺のワンピースに白いエプロンをつけた女性が作業をしている。

「ああ、殿下……来てくださったのですね。私は救護長のハンナと申します」

細身で年嵩《としかさ》の女性はテオに愛想よく自己紹介をしてくれた。その広いテントにはまだ誰もいない。

「ここは……」

「こちらは戦闘が始まりますと大忙しになります。他に私を手伝ってくれる人間がおりますが、殿下がいらっしゃれば百人力ですよ」

ハンナがワンピースを抓《つま》んで持ち上げ、テオに頭を下げながら屈《かが》む。そしてテオの手を取り、手の平を上に向け唇を寄せ敬意を表した。

「僕は、僕にできることをすると父王さまにお約束した。だから任せて欲しい」

テオは誇らしげな気持ちで微笑み、ハンナの手を握り返して言う。彼女はありがたいことですと、何度も口にする。そして救護に使う道具などについて説明をしてくれた。

テオの出番がやってきたのはそれから半日ほど経ってからだった。辺りには篝火《かがりび》が灯《とも》され、夜戦の準備が進められていた。

そしてとうとう出陣の号令がかかる。まさか夜戦になるとは思っていなかったので、父や兄の姿が見えず不安な気持ちが抑えられなかった。

(父王さま、兄さま、どうかご無事で)

怪我《けが》をしただけなら自分が癒《い》やすことができる。だから命だけは落とさないで帰ってきて欲しい、そう願っていた。

戦闘が始まったのが分かる。辺りの静寂が消え去り、大気は馬が蹴り上げた砂煙と風が運んできた血の匂《にお》いで充満しているのだ。それとともに怪我を負った兵士が大量に運ばれてくる。

「殿下! こちらを、こちらを先に!」

テントの中は地獄のようだった。なにもなかったがらんどうの空間は、血を流した兵士で埋め尽くされている。呻《うめ》き声や叫び声、そしてなにより噎《む》せ返るような血の匂いにテオは何度も嘔吐《おうと》した。しかし手を休めるわけにはいかない。目の前で命の灯火が消えようとしている人がいるのだ。

「血を……血を止めるから、待っていろっ」

太股《ふともも》に深い傷を負った兵士が、出血多量で意識を失っていく。テオはその傷口に両手を当てて集中する。接触している部分が熱くなり、ドクドクと流れていた血がゆっくりと止まっていく。その代わりテオの両手は真っ赤に染まり、着ているローブも青から紫へと変化していく。

　まだ六歳のテオにはあまりに過酷だった。傷を癒やしても癒やしても、次々に負傷者が担ぎ込まれてくる。テントに入りきらない兵士は外に寝かされた。その一人一人がすべてテオに向かって手を伸ばしてくるのだ。

「テオ、ハルト……様、殿下……どうか……どうか、助け、て……ください」

「ああ、殿下、痛い、とても痛い……ああ、助けて……」

　一度に全ての治癒はできない。一人を治している間に隣の兵士が亡くなる。兵士の視線はテオを見つめたまま、その光が消えていくのを見ているだけしかできなかった。

「ああ……すまない。……すまない」

　テオは泣きながら治癒を繰り返す。全身から血の匂いしかしなくなり、テオの感情が死んでいく。僅か六歳のテオに、この惨状を正気で乗り切るのは難しかった。ハンナの言うがままに体を動かし、まるで人形のように兵士の傷口に手を乗せる。

　夜が明け外が明るくなり、もう何時間も治癒を行っていたテオはヘトヘトだった。テントの外で呆然《ぼうぜん》として座り込んでいると、補給に帰ってきたウルリヒがテオに気づいて近づいてきた。

「父王、さま……」

「テオ、なにをしている？」

ウルリヒの顔は誰の血か分からないもので汚れていた。黄金に輝いていたあの金色の鎧も、土と血で茶色く変化している。テオを見下ろす父の目は血走り、触れると切れそうな覇気を纏っている。父がまるで別人のように見えて怖くなった。

「父王……さま、僕はもう、無理です……こんな、……もうできません」

それでもテオは助けを求めて、か細い声で訴える。傷を治しても全員を救えなくて、テオの心が悲鳴を上げているのだと。もう休ませて欲しいとウルリヒに懇願する。父なら分かってくれると思っていた。

「テオ、お前の仕事はなんだ？」

父の声は低く地を這《は》うような怒りを含み、今にも斬《き》り殺されるのではないかというほど恐ろしいものだった。

「僕、の仕事は……兵士の傷を治癒する、ことです」

「ならば戻れ」

父に腕を掴まれ、小さな体は軽々と引きずられた。そのまま救護テントの中へ入り、テオは地獄に放り込まれる。

「お前の仕事はここで兵士の傷を治すことだ。初陣なのだろう？　やり通せ。お前にしかできないことをやり通し、父にその雄姿を見せよ」

　呆然として座り込んだテオの足に、誰かの手が摑みかかる。右腕にも兵士の手がかかった。ビクッとしてそちらの方を見ると、負傷した兵士が這うようにして近づいてくる。

「ひっ……！」

「テオハルト、様……痛いのです、どうか、早く……早く治癒を……」

「助けて……痛い、痛い……助けて、あ……助け、て」

　怖くなって父の方を振り返ると、マントを翻しテオに背を向けテントを出ていこうとする。白い光に父の姿が消えていき、それと同時にテオの中の大切なものが音を立てて砕けていった。

◇　◇　◇

　テオは夢を見ていた。白い光の中に青いマントをつけた父が立っており、それを後ろから眺めている夢だ。左から近づいてきたのは兄で、同じように父の隣に立った。二人とも鎧を身につけ、それが光を反射させてとても眩《まぶ》しい。テオも父の隣に並びたくて歩こうとするが、なにかが邪魔をして前へ進めなかった。

――なに？　足に……なにか……。

足首には人の手がかかっていた。血に染まった真っ赤な手が、細いテオの足首を握っている。テオが立っている周囲は赤黒い血が広がり、その中から兵士が這い出してきた。

――テオハルト様……、どうか、お助けください……。

テオに助けを求める手は一人だけではなかった。辺り一面から手が伸びて、テオに縋《すが》ってくる。

助けたい、けれど全員は助けられない。胸が苦しくなり、周囲の恐怖と痛みに飲み込まれてしまう気がして恐ろしくなった。

――無理だっ。僕では……みなを救えないのだ……っ。父王さまっ！　待って！　行かないで！

そんなテオを置いて、父と兄は歩き出し光の中に消える。二人は一度も後ろを振り返りもせずに。必死に父を呼ぶテオだったが、その声はいつの間にか掠れて出なくなり、足元から血の海に飲み込まれていった。

「……ぁあ、いやだ、助け、て……父王……さま」

「テオ、テオ」

呼ばれる声に気づいたテオが、ゆっくりと目を開けた。薄暗い中に、ベッドサイドのランプが揺れている。辺りを照らすその光が、兄の横から差していた。ヘクターは白い長袖のシャツに、首には布をいくつも重ね合わせたクラヴァットを巻いている。いつもの兄だ。

「テオ、うなされていた。大丈夫か？」

ヘクターがやさしく声をかけてくれる。テオは自分がどうなったのか理解できていなかった。

（確か……父王さまと兄さまを追いかけて……）

たくさんの手に引きずり込まれる恐怖を思い出して体が震えた。ガチガチと歯が鳴り、寒いのか暑いのか分からない体には、全身にびっしょりと汗をかいている。体のあちこちが痛く、骨が軋《きし》んでいるような感覚にパニックになった。

「や、嫌だ……っ、た、助けて……っ、嫌、嫌だ……っ」

目の前のヘクターに縋りつこうとして手を伸ばすが、いつものように体が動かない。兄の袖口に触れるのがやっとだ。おまけにテオの声はほとんど掠れて出ていない。それを自分で気づけないでいた。

「テオ、落ち着け。大丈夫だ。私はここにいる」

「兄さま……兄さまっ……僕はもう、もう……無理、無理なんです――。もう……」

呼吸が荒くなる。兄を見上げる目には涙があふれて溜《た》まった。瞬きをすると眦をいくつも涙が零《こぼ》れる。

「テオ、ここは城のお前の部屋だ。戦場ではない。お前は戦地で倒れて、連れ帰られた。もう床について三日目だ」

ヘクターがテオの肩を押さえて、落ち着かせようとしてくれる。毛布の中で暴れていたつもりのテオだったが、ほとんど手足は動かせていなかった。

「えっ、あ……、三日？」

兄にそう言われて、ようやくテオはヘクターの目を真っ直《す》ぐ見た。涙でぼやけた兄の顔が焦っている。心配そうな顔でこちらを見下ろしていて、肩口の乱れた毛布を整えてくれる。

「そうだ。三日も意識が戻らなかった。今はかなり高い熱が出ている。体も、相当つらいだろう」

「はぁ、……そう、なのですか」

額には濡《ぬ》れた布が乗せられている。ヘクターがそれで顔の汗を拭《ぬぐ》ってくれた。そんなことはテオの世話係がするのだが、兄は構わずにテオの面倒を見てくれる。

「怖い夢を見ていたのか？」

「……はい」

「どんな夢だ？」

ヘクターにそう問われて、心配そうにテオを見下ろす兄から視線を外した。見慣れた天井が薄闇《うすやみ》の中ボンヤリと見える。夢の内容ははっきり覚えていた。けれどそれを言葉にするのはあまりにもつらい。

「いや、言いたくなければいい」

兄の手がテオの額に触れていたが、それが離れていく。少し寂しい気もしたが、きっと体調がよくないので弱気になっているのだろう。

「兄さま、戦は、どうなりましたか」

ヘクターがここにいてすっかり全身から闘志が消え、血の匂いもしないところをみると、戦は終わったか休戦になったのだろう。しかしテオはそれでも気になった。

（僕は、最後までできなかった……父王さまは、がっかりされているだろうか）

落胆を滲ませた顔で視線を落とすと、ヘクターの手が額ではなく髪に触れてきた。

「戦は終わった。今回はすぐに決したぞ。テオが頑張ってくれたからだ。父上もそうおっしゃっておられた」

ヘクターの言葉にテオは目を見開いた。まさかそんなふうに言ってくれているなどと想像もしなかった。役に立てたのならそれでいい、とテオは思っていた。

「また体が元気になったら、戦地へテオを連れて赴きたいと」

「あ……、また戦争が始まるのですか？」

テオの心臓が重苦しく打った。戦争は終わったばかりなのに、もう次のことを言われて戸惑うしかない。そもそも、何度もあるものだとは思っていなかったテオは、強ばった頬を引き攣《つ》らせた。

「当たり前だろう。エンリータとはもう先代からの因縁だ。この戦が終わるときはエンリータが滅んでリカドールが完全勝利するしかない」

早く体を治して次の戦に備えるのだ、とヘクターに言われ、兄がどうしてテオにやさしいのか理解した。

(兄さまは……僕の体が心配なのではなく、僕の力を戦地で使いたいだけなのだろうか……？)

もしかしたら父もそうなのではないだろうか、と頭の片隅にそんな気持ちが湧《わ》き上がった。あの地獄のような光景をまた見なければいけないのか。自分が何者なのか分からなくなるような、あの恐ろしい空間へ身を置かなければだめなのか。

そう考えてテオの体が拒否反応を示すように震え始めた。消えない恐怖が体の奥深くにこびりつき、それが徐々に全身を浸食して蝕《むしば》んでいくような感覚に叫びだしそうになる。

「今はゆっくり休め。また戦が始まったら、活躍すればいいのだ」

やんわりと微笑む兄を怖いと思った。きっと父や兄の方がテオよりも酷《ひど》い惨状を目にしているはずだ。命の危険と背中合わせで、気を抜けば一瞬で決するような場所にいた。それなのに笑って次を考えられるなんておかしいと思った。

「兄さま、僕にはどうしてこのような力があるのですか？　傷を癒やせる力など……なければよかった」

「お前の力は、それは神からの賜だ。私や父のように剣の能力ではなく、人を癒やす力を授かった。それは感謝するべきことなのだ」

そうは言われても、あの地獄を体験したテオは、これが神からの贈り物だとは思えなかった。この力さえなければ、とそんなことばかりを考える。

「テオ、強くなれ。強くなって、その力の本当の意味を知るのだ。お前は私や父よりも優れていると理解しろ」

「ですが……」

「戦は先代からずっと続いている。テオ、お前にはこの道しかないのだ」

「……っ！」

テオは兄の顔を見ていられなくなった。この地獄を生きるしかないと言われたような気がして体が震えた。ゆっくりと体を横にしてヘクターに背を向ける。なにも見たくない聞きたくないと、毛布の中で体を丸くした。

ヘクターはそんなテオになにも言葉をかけず、そっとベッドから離れたようだった。そして部屋の扉が開く音が聞こえ、そのまま部屋の中から気配が消えていく。

テオは声もなく泣いていた。この能力を父も兄も頼りにしていてくれたのは知っている。自分の特殊な力に気づいたのは、母が亡くなって間もなくだった。テオの部屋にあるテラスから続く階段を下りると、裏庭に出られるようになっている。その庭の先は広大なバラシア樹海だ。

その裏庭は庭師たちが、常に美しい花を愛《め》でることができるようにと、手入れを怠らない。しかしテオが裏庭を散歩していたとき、傷ついた薔薇《ばら》を見つけた。

——かわいそう。

そう言って薔薇の棘《とげ》があるにもかかわらず、その茎を手の中に包み込んだ。早く治りますように、とそんな思いだった。しかし手を放すと薔薇の傷はなくなっていた。テオの手にも棘で傷があったにもかかわらず、それが目の前で消えてしまったのだ。テオ自身は、願ったから消えた、と思っていたのだが、その様子を見ていた庭師たちはざわめいた。

——神だ……。

庭師の一人がそう呟いて、どこかへ駆けていった。それからすぐに父と兄の知るところとなり、テオの特別な力が露見したのである。

母が生きていた頃は、父に似ていないことでずいぶん寂しい思いをしていた。しかしその父がテオの力を知ると、今度は打って変わってやさしくなったのだ。

それがどうしてなのかはテオには分からなかったが、父に微笑みかけられ頭を撫でられ、早く大きくなれよと言われるのが誇らしく、テオの自信にもなっていた。

そして六歳になった今、勇んで初陣に挑んだのだ。しかしそこに待っていたのは、目を覆いたくなるような地獄だった。

テオは悪夢にうなされ三日三晩の高熱に苦しんでいる。精神的なものなのか、それとも力を使いすぎた肉体的なものなのかは分からない。あの戦場からどうやって帰ってきたのかも分からず、目が覚めると自室だった。

兄はやさしかった。テオの汗を拭い、よく休めと言ってくれた。しかし最後には次の戦について言われ、それは信じられない思いだった。

テオの熱は四日目に下がり、ようやくベッドに座って食事を採れるようになった。しかし気持ちは全く浮上しない。またあの場所へ連れていかれるのかと思うと、考えるだけでも気が変になりそうだったのだ。

「殿下、もう少しお食べになってはどうですか？　スープだけでも」

ベッドの上に乗せられたテーブルには、スクランブルエッグにコーンの香りが立ち上るスープが並ぶ。しかしひと口食べただけでスプーンを置いてしまった。隣で見ていた世話係のライドが心配そうな顔で食事を勧めてくる。

「……味がしないのだ」

何度咀嚼《そしゃく》しても卵の味も風味も感じられなかった。ただ口の中にやわらかな卵の感触しかない。嚥下《えんか》するのもつらく、静かにスプーンを置いたのである。

「殿下……」

部屋の中には、大きな明かり取りの窓から朝日が差し込んでいた。開け放たれ、暖かな空気が流れている。ときどき裏庭の薔薇の香りがテオの鼻孔を心地よく刺激した。

遠くに広がるのは濃い深緑の絨毯で、あの中に飛び込んでしまいたい気持ちになる。しかしライドを困らせるのは忍びない、とテオはスプーンを手に取って卵をひと掬《すく》いして再び口に運んだのだった。

寝込んでからしばらくして、ようやくベッドから出られるようになった。しかし以前のように裏庭でテオの笑い声は響かない。いつものように散歩をするが、その目はどこか遠くを眺めている。

「殿下、あちらの薔薇が綺麗に咲きました。見に行かれてはいかがですか？」

庭師のヴァンスが声をかけてくる。ウルリヒよりもずっと年嵩の男性で、まるでなにかが入っているかのような大きなお腹が特徴的だ。

「ヴァンス……。いや、部屋に戻るよ」

テオはヴァンスの顔を見ずに、魂の抜かれたような目でボンヤリと答えた。そのまま部屋に続く階段を上る。後ろからヴァンスが不安げで心配そうな視線を投げかけているとは微塵も想像しなかった。

部屋に入るとすぐカウチに横になる。テオが出歩くといえば、テラスにある階段を下りた先の裏庭くらいで、それ以外はカウチに座ってボンヤリ窓の外を見るのが常になっていた。

そんなある日、夕方の幻想的なオレンジ色が樹海を染め上げていたとき、どこからか聞き慣れない声を耳にして、テオは階段を駆け下りた。

（今、なにかの声がした？）

人の話し声ではない、動物の鳴き声のようだった。以前はこの裏庭でいろいろな動物と語らっていた。ずいぶんそれもしていない。もしかしたら急に姿を見せなくなったテオを心配した動物が、様子を見に来たのではないかと思った。しかし辺りに人や動物の気配はない。

(聞き間違い……だろうか)

そう思ったとき、薔薇の壁の向こうからなにかが姿を見せた。

(猫？　ではない……)

猫よりも大きな動物だ。陰になってよく見えないが、ふらふらしていて今にも倒れそうになっている。

「あっ」

テオは駆け寄ってその動物を腕に抱く。まだ子供のようでとても骨張っていた。後ろ足の真っ白な体毛には血がついている。どうやら怪我しているようだった。しかしその血を見たテオは体が強ばり、動くことができなくなってしまった。

一気に脳裏で広がったのはあの惨状で、暑くもないのに汗が滲んでくる。心臓が早鐘を打ち始め、それに痛みが伴い始める。

(だめだ……またあのときの光景が……、怖い……、嫌だっ)

体が震え始めて叫びだしそうになったとき、その白い生き物がテオの手をひと舐《な》めする。その瞬間、ハッと我に返った。何度も手を舐められると、ゆっくりと気持ちが落ち着いていく。

「お前、怪我をしてるのだな。大丈夫だ。僕が治してやる」

テオは後ろ足の血が滲んだ場所に手をかざし集中する。手の平が熱くなってしばらくすると、痛みがなくなったのかその生き物が顔を上げた。黄色い目はとても美しい。しかし力なく虚《うつ》ろだ。

「もしかして……獅子《しし》の子？」

猫よりもしっかりとした目鼻立ちで牙《きば》も舌も前足も大きい。獅子は文献でしか見たことがなかったので驚いてしまう。せいぜい犬や猫、鹿やリスくらいなら分かるが、まさかこんな場所に獅子が姿を見せるなんて思いもしなかった。

「お前、どうしてここに来たのだ？　バラシアから来たのだろう？」

言葉が通じるわけではないが、そう問いかけてみる。しかしその獅子はぐったりとテオの腕の中で体を横たえて元気がない。

(もしかしたら腹が減っているのか？　体がとても細い……弱っているな)

テオは獅子の子を抱え上げた。持ち上げると想像以上に軽くて驚いてしまう。周りに誰もいないのを確認し、ローブで獅子の体を隠したテオは大急ぎで自分の部屋に駆け込んだ。

そして自室の隣にあるワードローブの小部屋に駆け込んで毛布を引っ張りだし、それで獅子を包んだ。獅子の子を部屋に連れてきたテオは、普段は自分で点《つ》けない暖炉に火を入れる。やり方はライドがしているのを見ていたのでなんとかできたが、煤《すす》まみれになってしまった。

(とにかくなにか食べるものだな)

暖炉の前に獅子を寝かせ、テオはそっと部屋の扉を開けた。左右を確認し、長い廊下に誰もいないのを確認して階段を下りる。下の階は大広間や食堂、サロンや使用人の部屋などがある。地下に厨房《ちゅうぼう》があるので、そこでなにか食べるものを探すつもりだ。とはいえ、まだ陽が高いため厨房には夕食の準備で人がたくさんいるだろう。

「殿下?」

一階に下りたところでライドに声をかけられた。こんな場所へテオが来ることはないので、彼は驚いた顔で固まっている。

「あの、ライド。少し腹が減ったのだ。なにか食べるものをもらえないだろうか?」

「さようでございますか! では夕食前というのもありますので、ポルポとミルクをお持ちいたしましょうか」

「あ、ああ。そうしてくれるか? 部屋の前にワゴンで置いておいてくれればいい」

「え? お部屋の外にですか?」

不自然な要求をしているのは分かっていた。だが獅子の子が見つかれば絶対に取り上げられるだろう。あの生き物は樹海の中から出てきたと誰もがすぐに察するからだ。

「なぜ、お部屋の外に？」

「……それがだめならば、僕は食べない」

そう言って背中を向けると、かしこまりました、と声が聞こえた。ずっと満足に食べていないテオに、ライドはどうにかして食事を採らせたいと思っていたのだ。そのテオがお腹が減ったと言うのだから、そのくらいのおかしなお願いなら聞いてくれると思った。

「それでは、頼む」

二階への階段を上りながらライドに告げて、その場を立ち去った。まもなく部屋の外にワゴンが置かれ、部屋の扉がノックされる。

「殿下。ポルポとミルクをご用意いたしました。こちらに置いておきますので、ミルクは冷めないうちにお召し上がりください」

「……分かった」

扉の前で向こう側の気配が去るのを待って、そっと扉を開けた。廊下に人の気配はない。テオはワゴンを部屋の中に運び込んで、ミルクと菓子の乗った皿を暖炉の前に持ってきた。

ポルポとは城でよく食べられる、小麦粉と砂糖、バターを使った焼き菓子である。砂糖は貴重な食材なので身分の高い者しか口にできない。薄茶色の表面は滑らかで、サクサクとした食感は口当たりがいい。

テオはおやつによく食べていて、これなら作り置きがあるというのも知っていた。

（これなら、食べられるだろう）

膝の上に獅子の子を乗せ、ポルポをミルクに浸して口元へ持っていく。ぐったりして目を閉じていた獅子の子の鼻がヒクヒクと動いた。そして薄っすらと目を開けてテオの持っているそれをひと舐めする。

「大丈夫だ。毒など入っていない。僕がいつも食べている菓子だ。ミルクに浸したからやわらかいと思うぞ。食べてくれるか？」

グルルルル、と喉《のど》の奥で唸《うな》り声を上げた獅子の子は、テオの手を気遣うようにして菓子に齧《かじ》りついた。

「おいしいか？　腹が減ってたんだな。全部食べてよいぞ」

テオはポルポにミルクを全部かけて浸してやる。皿の上にある菓子に近づいて、獅子の子が必死に食べ始めた。

「ずっと獅子の子と呼ぶのもおかしいな。名前を……う～ん、ルイザ……カイト、どちらも少し違うな。そうだ、ブラーヴというのはどうだ？　リカドールでは『勇敢』という意味だよ。獅子は勇敢な森の王だと文献で読んだ。ぴったりではないか？」

菓子を食べているブラーヴの背中を撫でてやると、先に房のついた細い尻尾《しっぽ》が左右に大きく振られた。どうやら了承してくれたらしい。

「気に入ってくれたか。うれしいよ」

この日からテオに小さな獅子の友達ができた。子供の獅子とはいえ、体は小さくても力は強い。今はまだ腕に抱ける大きさだったとしても、すぐに成長してしまうだろう。

ワードローブの中で飼いきれるとは思っていなかったが、呆気《あっけ》なくライドに見つかった。

「で、殿下……これは、なんでございますか」

眠っているテオを起こしたライドの声は震えていた。一体何事だと目を開けると、少し離れた場所にブラーヴの大きな金色の目が光っていたのだ。なにが起こったのか分からず体を起こすと、ベッド脇にはライドが立っている。

「うわっ！　えっと、これは……迷子で、しかも怪我をしていたのだ。だから仕方ないだろう？　僕の力が必要だったのだ」

「ですが、もう傷の方は治っているようですし……。というか、どこから来たのですか、この……」

「ブラーヴだよ。この子はブラーヴという。僕が名付けた」

ベッドの上で丸くなるブラーヴに来いと声をかけ、自分の傍まで引き寄せて腕の中に抱く。まるで宝物を取られまいとするように。

「いえ、お名前を伺っているわけではございません。怪我が治ったのなら、母のもとにお返しするべきでしょう」

「母……？」

ライドに言われてハッとした。テオにもやさしい母がいた。もしかしたらこのブラーヴにも母親がいて、心配して森で探している可能性がある。このままだとブラーヴは自分と同じになってしまう、とそう思った。

「そうでございますよ。母と離ればなれになって、今頃心配して探していることでしょう」

「だがもし、ブラーヴも僕と一緒だったら？」

「は？」

「僕と同じで、母上を失っているとしたら、ブラーヴはひとりぼっちではないか。だから怪我が治ってもここから出なかったのだろう？」

自分の境遇をブラーヴに当てはめていた。もしもそうなら、どれほどの孤独でぬくもりに餓《う》え悲しいことなのか、一番分かるのはテオなのだ。そう思うと胸が絞られるように苦しくなる。

「だとしても、この子は人の言葉が話せませんし……」

ぎゅっと唇を噛《か》みしめて、テオはライドを睨んだ。

「もしも、ブラーヴが母上に会いたいと思ったなら森へ返す。それまでは……ここに、一緒に、傍に置く」

だから父や兄に言わないでとテオは懇願した。ピンチの自分の状況など気にも留めていないブラーヴが、テオの頬を舐め始めた。

「こ、こら……ブラーヴ、今はお前の処遇をどう、するか、あっ、こら、だめだっ、ぶっ、くすぐったいっ、や、やめろって」

テオの顔中くまなく舐め始めたブラーヴに押し倒されて、くすぐったいやらなにやら、わけが分からなくなった。ライドはテオの説得に根負けして、ブラーヴを一緒に匿《かくま》うのを承諾してくれた。

「しかし、見つかったら私は……牢獄《ろうごく》行きかもしれませんね」

眉間《みけん》に皺《しわ》を寄せたライドが頭を抱えていた。

「大丈夫だ。僕が父王さまにちゃんと説明する。だからライドは安心していろ」

「はぁ……分かっていただけるといいのですが」

ため息を吐きながらライドはテオを着替えさせていく。脱いだ服にブラーヴがじゃれつき、ライドの仕事は増えてしまったようだった。

　こうしてライドを味方につけたテオだったが、ますます部屋から出られなくなった。いつもは遊び場の裏庭に行くが、そうするとブラーヴまで一緒に来るだろうし、庭師やらにも見つかってしまう。せいぜいテラスで遊ぶくらいが限界だった。

　そしてライドがブラーヴのために貴重な肉なども差し入れてくれたりしたおかげで、みるみるうちにブラーヴは体力を取り戻し、元気に大きくなった。それと同時にテオの心の傷も癒やされていき、以前のように笑顔を見せている。今はブラーヴを部屋に隠すのが限界にきており、よく部屋へやってくる兄には慎重になっている。

「ブラーヴ、兄上が部屋に来たときは、ここでおとなしくしているのだよ？　分かった？」

「ギャゥ、グワゥ……グルルルル」

　テオはブラーヴを隣のワードローブの中で座らせ、真面目《まじめ》な顔で言い聞かせる。返事をしたのかしていないのか分からないが、おとなしく座っている。しかし尻尾は左右にタシッタシッと振られ、なにやら期待に満ちた目をしていた。

　ブラーヴの首の周りには少し鬣《たてがみ》のようなものが現れ始めていた。座高はテオの身長とさほど変わらない大きさで、向かい合ったテオは黄色い瞳に見つめられる。

「グルルルル……」

喉を鳴らすようにして、真面目な面持ちで話しかけるテオに大きな頭を擦りつけてくる。

「こら、おい……ちょっと、ブラーヴ、うわっ、だめだっ。遊ぶ時間ではないぞ」

のしかかられてテオは床に転がった。ざらざらした舌で頬を舐められて、痛いしくすぐったいしで大変だ。だがブラーヴとこうしてじゃれ合うのが、唯一楽しい時間である。

そうしてようやく元気を取り戻したテオだったが、部屋の扉がノックされて飛び起きた。

ブラーヴをワードローブに押し込んで、慌てて扉を閉めた。

「テオ、入るぞ」

「は、はいっ」

ブラーヴを隠したのと、兄が入ってきたのとはほぼ同時だった。変な場所に立っているテオに怪訝《けげん》な顔を見せた兄だったが、そのままテオの方を向いたまま口を開いた。

「明後日《あさって》の早朝、出陣する。用意しておけと父王さまからの伝言だ」

ヘクターの顔は、あのときテオの体を気にかけて汗を拭ってくれたやさしいものではなかった。呆然と見つめるテオの返事を聞きもせず、その場をさっさと立ち去ってしまう。

「また、戦争……？」

心が悲鳴を上げる。行きたくないとも、嫌だとも言えなかった。父の命令であったし、怖いから嫌だと言って、二人に幻滅されるのが恐ろしい。だからテオは言われるがままに、再びあの地獄のような戦場へ向かうのだ。

テオが城にいない間、ブラーヴの世話は庭師のヴァンスにお願いした。本当はライドに頼みたかったが、彼も戦場へ行くため無理だった。

――し、獅子の子ですか!?　む、む、む、無理ですよ！　こんな、恐ろしい。

――大丈夫だよヴァンス。ほら、大きな猫と変わらないぞ。ヴァンスもやってみるがいい。

テオがブラーヴの顎《あご》の下を撫でてやると、ゴロゴロと音を出した。その音にさえビクついていたヴァンスだったが、テオが根気よく説得してなんとか引き受けてもらった。城の中でブラーヴの存在を知る者が増えていく。不安にはなるが仕方がなかった。

「殿下。ブラーヴのためにも、生きて帰って参りましょう」

前と同じように、テオの着替えを手伝うライドがそう声をかけてくれる。しかしテオの感情はどこか遠くへ行ってしまう。

そうして幾度となく戦場で力を使い続けたテオの髪は、黒から金髪に近い明るい茶色に変わっていた。生まれたときから黒かった瞳も、今は薄いブラウンになっている。力を使いすぎたテオは色素を失っていた。

小さい頃から色白ではあったが、さらに陶器の人形のように白くなっている。昔の面影はすっかりなくなり、戦場から帰ってきたテオはブラーヴの前で僅かに微笑むことはあっても、声を上げて笑えなくなっていた。

「ブラーヴ、僕ね、母上のところへ行きたいよ」

テオの膝の上でテオと同じくらいの大きさになったブラーヴを撫でながら、そんなことを言う日々が増えた。そろそろ限界が近いことをテオ自身も察していた。

第二章　戦の王

日差しのやわらかく降り注ぐ春の日、ガゼボでポルポを食べながらテオはお茶を飲んでいた。といっても、ポルポを食べているのは二匹のリスだが、テオはそれをボンヤリと見つめている。

二十歳《はたち》になったテオは昔に比べてすっかり風貌《ふうぼう》が変わってしまっていた。髪は黒髪からほとんど真っ白になり、両方の瞳も黒目部分が薄い金色になっている。よく見ないとその色は分からない。陽の光の下では真っ白に見えた。

身長は伸びた。もう六歳の頃の小さく弱いテオではない。しかしそれでも他の同じ年齢の同性からすると、かなり小柄な方である。男臭い風貌ではないし、力が強いわけでもなく見た目は中性的だ。ともすれば白皙《はくせき》の肌と魅力的な唇はまるで女性である。白い睫に縁取られた、愁いを帯びた大きな瞳は魅惑的だった。

「殿下、春先とはいえまだ冷えます。ブランケットを」

テオの隣に立っていたライドが、そっとブランケットを膝にかけてくれた。それに少し反応してライドを見上げ、一瞬だけ彼の顔を見たがテオの表情に変化はなかった。

右手にポルポを持つと、それにリスが近づいてきて齧りだす。あっという間に小さくなったポルポはリスの頬袋に入った。

樹海の入り口から鹿が姿を見せて、警戒する様子も見せずに近づいてくる。いつもこうして遊びにやってくる雄の鹿だ。立派な角が少し前に落ちて、今は小さく細い角の先が顔を見せている。去年の冬は立派な角があったので、年齢は四歳くらいだろうか。

その鹿がテオに近づいてきて、皿の上に並んでいるポルポを勢いよく食べ始めた。

「殿下、よろしいのですか？　全て動物たちが食べてしまいますが……」

「……ああ、よいのだ」

テーブルの上のポルポはあっという間になくなった。リスがテオの手の中を確認するように頭を突っ込んでくる。

「もうないぞ。君の頬袋の中にたくさんあるだろう」

リスの頬袋をやさしく撫でると、大きな黒い瞳がテオを見上げて頭を指先に擦りつけてきた。こうして動物たちと一緒に過ごす時間はとても心が和んだ。かといって心の中にある深く大きな傷を全て癒やすことはできなかったが、痛みや苦しみを少しは忘れられた。

「陛下は次の戦を考えておられるようです。ここ最近は作戦室に参謀などとともに籠《こ》もっておられます」

ライドの言葉にリスの頭を撫でていた指の動きが止まった。この癒やしの時間にそんな話は聞きたくなかった。薔薇の香りと木々の匂いを暖かな春の風が運んでくるこのガゼボでは、僅かでも血の臭《にお》いを感じるような話は耳にしたくない。

「ライド、それ以上言わないでくれ」

「はっ……申し訳ありません。その、つきましては近く、殿下を交えての晩餐会《ばんさんかい》を開かれるとのことです」

ライドが焦ったような声で今後の予定を口にした。

(なにが晩餐会だ……そんなもの、出たくもない)

父はことあるごとに晩餐会を開いた。テオの能力は秘匿するものではないので、友好国のマスルニアの要人を呼んでは自慢するのだ。そこでは父のお飾りのように扱われ、いろいろな人に紹介された。

(僕はいつまでこうして、生きるのかな)

六歳のときの初陣から十四年が過ぎて、今も昔と同じように戦地の救護所で兵士の傷を癒やし、全身を血に染める。感情を殺し、縋りつく兵士に気持ちを揺さぶられないよう心を硬い氷で閉ざした。そのおかげで、戦地での治癒行為は楽になったが、そのあとの反動がテオを苦しめた。

子供の頃は熱を出して何日も寝込んだ。それがどうしてなのかは分からなかったが、今は無理をした反動がきているると理解している。今でも戦場から戻ってくると三日はベッドを出られない。うなされている間は悪夢を見て、テオの安らぐ時間はほとんどない。戦地から帰ってきてもテオの戦いはまだ続くのだ。

六歳のときに部屋にやってきた獅子のブラーヴは、一年ほどテオと一緒にいたが、いつの間にか姿を消していた。テオの部屋でずっと生活をしていたわけではなく、怪我が治ってからは森と部屋を行ったり来たりしていたのだ。その間隔が徐々に長くなり、とうとうブラーヴは姿を見せなくなった。

(ブラーヴ、元気にしてるだろうか)

今でもときどき不意に姿を見せるのではないかと思ってしまう。裏庭から部屋に帰ると、そこにブラーヴがいるのではないかと期待してしまう。テオの部屋にはテラスの階段を上らなければ入れないのに、裏庭にいるテオに見つからないように部屋に入って驚かすのがブラーヴの遊びだった。

(ひょっこり姿を見せるのではと、待ってしまうよ)

ポルポをこのガゼボで食べるのも、微《かす》かな匂いで誘われて出てきて欲しいというテオの淡い願いである。しかしこうして毎日裏庭で待っていてもブラーヴは姿を見せなかった。もしかしたら今頃、番《つがい》を見つけて子供を作り森の中で幸せに暮らしているのかもしれない。

もう一度あのふさふさし始めた鬣を触ってみたいと思う。まだ一歳前後だったので鬣は大人のようにたくさんはなかった。けれど手を入れるとふっと埋まり、その毛並みはとても気持ちがよかったのだ。

（もう一度、触りたい）

テオは自分の手を見つめた。あのときの感触を思い出して、テーブルの上に置いた手の平を何度か握る。その動きを見て、リスがテオの手の中に顔を突っ込んできた。

「もうポルポはないと言ってるだろう？」

テオの言葉を聞いているのかいないのか、再び手の中を確認したリスがテーブルの端っこまで走っていき、椅子《いす》を踏み台に上手に下りる。ぴょんぴょん飛び跳ねるようにして芝生の上を走り、辺りの匂いを嗅《か》ぐように鼻先を上に向けたかと思うと、小さな頭がテオの方を振り返る。そうして森の中へと姿を消した。

「殿下、そろそろお部屋に入られては？」

「……そうだな」

もうすぐ陽が落ちる。この薔薇の咲く裏庭はいつだって明るい。夕方のオレンジ色に染まる風景も幻想的で好きだった。けれど見るなら部屋の中かテラスからがいい。

テオは階段を上がってテラスから樹海を眺めた。遙《はる》か遠くに見えるマガール山が赤く染まってきている。樹海や城が同じ色になるまであと数分だろう。テオはテラスから見慣れた景色を飽きることなく眺めていた。そしてそれを目にして胸に迫るのはいつも同じだ。

——オレンジ色の樹海に身を投げたい。

それは二十歳になるまで、一日も欠かさず考えていることだった。


数日後、予定していた晩餐会の日がやってきた。部屋にやってきた使用人に呼ばれ、テオは一階の大広間へ下りる。そこには様々な爵位を持つ貴族が正装して集まっており、各々歓談している。みな一様に煌《きら》びやかに着飾っていた。特に女性のドレスは群を抜いて目立っている。この大広間も派手だが、それに負けていないだろう。

ラニステル城のこの場所はかなり広く、百名ほどで舞踏会を開いても余裕である。今日はそれほどの人が集まっているわけではないが、それでもいつものガランとした大広間に比べたら賑《にぎ》やかだ。

白と黒の市松模様の床が広がり、壁には天使たちが飛び交う美しい壁画が描かれている。

三階まで吹き抜けになっている高い天井はアーチ型だ。黄金の帯や革紐《かわひも》が交差し、織り交ぜられたようなデザインが帯状に彫刻されたストラップワーク模様が絢爛《けんらん》である。

百合をモチーフにした大きな暖炉は二つ設置されており、その上にはウォーリナー家代々の巨大な肖像画がかかっている。ウルリヒはそれを自慢するのが好きで、初めて城へ来た人間には必ず見せて説明する。今日もまた、初見の貴族には自慢をするだろう。

広間の中央に人集《ひとだか》りがあった。その中心には、真っ青なジャケットコートに身を包んだ父の姿が見える。いつもの正装だ。

青地に金の絹糸で豪奢《ごうしゃ》に刺繍が施されており、首元にはボリュームのあるクラヴァットが目立つ。パープルのサッシュには武勲を上げた数だけ勲章が並ぶ。そして王と分かるのは床につきそうなほどに長いマントを羽織っていることだ。真っ赤なマントの襟元には白い毛皮が肩まで覆っている。歩くたびにそのマントが翻った。

「おお、来たか我が息子よ」

大広間に続く大きな中央階段を中ほどまで下りたとき、父が振り返り、やわらかな笑みを浮かべてこちらを見上げてくる。それに釣られて王の周りを囲んでいた数人の貴族もこちらへ視線を留めた。

「テオハルト、こっちへ来なさい」

父がテオに向かって手を伸ばす。テオも今日のために正装をさせられていた。膝まであるジュストコールは父のものより少し濃い青だ。金の刺繍も施されてあるが、そこまで派手ではない。テオの肩には金房がついており、父のようにマントは羽織っていない。兄も同じような服装で、首元にはクラヴァットを巻いている。

「テオハルト、こちらはマスルニアのトレンバス公爵だ。まだ小さい頃だが、会ったことがあるだろう？」

「トレンバス公爵、お久しぶりです」

「殿下。見事にご成長されましたな。私がお会いしたときはまだこんなにお小さかった。それに、殿下のご活躍は海を越えて聞こえております」

恰幅《かっぷく》のいい白髪の男性が、テオの手を取って軽く頭を下げる。他の二人の男性も同じように言葉をかけたあと手を取った。だがテオはその三人の貌《かお》を見ても記憶になく、ピンとこなかった。おそらくテオはかなり幼なかったのだろう。

「あ、ありがとうございます」

一応、微笑んだつもりだったが、目の前の三人は、こちらを見ながら怪訝な顔をしている。それもそのはずで、以前に比べて見た目がすっかり変わってしまっていたからだろう。真っ黒な髪と瞳の色が変わり、昔の面影はすっかり消えているのだから。

「息子の能力は歳《とし》を重ねるごとに強くなっていましてな。戦場においてはこの子なしではもう勝利はないでしょう」

「ほう、それほどまでに。しかしエンリータとの確執は長いですなぁ」

「いやいや、それも息子たちがいれば、これからの戦も勝利は確実でしょうな」

「なんとも心強いことです」

父がこうして他国の貴族にテオを自慢しているのを見るのは嫌だった。特別な力があるのを周りに言いたい気持ちは分かるが、テオ自身は好きで使っているわけではない。戦いたくはないし戦は大嫌いだ。だから自慢でもなんでもない。しかしそんな不満はこの場所では口が裂けても言えない。

「殿下のそのお力は神に与えられたものでしょう。そうに違いないです。殿下は病なども治癒なさることが可能でしょうか？　もしも可能でしたら……」

目の前で興味深げな視線をテオに投げかけ、自国の王族で治してもらいたい人がいると説明してくる。しかしテオはその話の半分も聞いていなかった。

晩餐会に出れば大抵はこんな頼まれごとをするのだ。病は治せない、そう説明するのは兄の役目で、テオが困った顔をしたのに気づいて割って入る。

「ハリオス閣下、申し訳ありません。テオハルトは病を治すことはできないのです。できるのは傷などの治癒です」

優雅な笑みを浮かべたヘクターがテオとハリオスの間に体を滑り込ませる。そのおかげでテオは二、三歩後ろに下がり距離を取ることができた。

「おお、そうでしたか……。それは残念」

兄がテオの能力について説明し、そのあと戦に関しての話にスライドしていった。その隙にテオはその場をそっと離れる。人気のないテラスへと逃げてひと息吐いた。人がたくさん集まる場所は苦手だ。

（晩餐会は嫌いだ）

テオを自慢する父も嫌いだった。昔は尊敬と憧れで見上げていたはずなのに、あの初陣からテオの父を見る目が変わってしまった。行きたくないと訴えたりもしたが、受け入れてなどもらえなかった。

――お前は勝利の女神なのだから、お前なくして勝機なしだ。だから分かるな？

何度もそう諭され戦場へ駆り出されたのだ。そして戦に勝利すると勝利の宴と称して晩餐会を開く。次の戦いの英気を養うというのだ。終わらない戦闘に、テオはもう辟易《へきえき》としている。死ねない地獄を永遠に歩かされているように思えていた。

せっかく逃げ出したテラスだったが、すぐに兄がやってきて父がテオに紹介したい人がいる、と言われ中に連れ戻される。そうしてまた父の隣で質問攻めにされた。

「そういえば、この城の裏にあるバラシア樹海の中に、獣人が住んでいるという噂がありますが……」

父がテオの自慢をひとしきり終えたとき、年配の男性がそんなことを尋ねてきた。リカドールでもその噂は誰もが知っている。他国の人間も知っている人間が多い。しかしそのあとに続けられた会話には興味が湧き、父とその男性の会話に耳を傾ける。

「バラシア樹海にはそんな噂がありますな。だが見て帰ってきた者はいないと聞きます。私も実際に見てみたいものだ」

「なにやら、その獣人族の王の血は、飲めば不老不死になるとか。そうなれば殿下のお仕事はなくなってしまいますが、戦場では無敵になってしまいますな」

男が声を上げて楽しげに笑う。しかし父の顔は思いのほか真剣で、もう少しその噂を詳しく聞きたい、と言い出した。

「いやいや、まあ私も噂でしか存じ上げませんが。リカドールへ来た私の友人が酒場でそんな話を聞いたと言っておりまして……。私はバラシア樹海に入る勇気はないですがねぇ」

その友人は誰から聞いたのか、とウルリヒがあまりに突っ込んでくるので、その男も話題を楽しむだけに振ったことを後悔し始めていた。

(獣人王の血を飲めば……不老不死に?)

そのあと父は部下に噂の出所を調べるように、と指示を出していたのをテオは聞いた。もし樹海に獣人が住んでいて、その獣人王の血を飲んで不老不死になれるなら、さっさと見つけて飲んで欲しいと思った。そうすればもうテオが戦場に出る必要はなくなる。

(そうしたら父王さまも、僕には興味がなくなるかもしれぬ。だが、それでもいい)

テオは自分にこの能力があるから、父にも兄にも必要とされていると分かっていた。そうでなければきっと、相手にもされなかっただろう。それを思うと自分の価値のなさに落ち込んでしまうが、今はその方がいいと思っていた。

◇　◇　◇

今朝《けさ》、目が覚めて嫌な予感が胸に過《よぎ》った。ベッドに座ったテオは、夜着の胸元を握りしめた。その数秒後、部屋の扉がノックされる。テオは扉の方へ顔を向け、入ってきた兄のどこか強ばった顔を見た。

「テオ、戦が始まる」

起き抜けに、部屋のカーテンも開かれぬままの薄暗い中で、兄が静かな声で告げる。

テオの予感は当たった。

背筋が粟立《あわだ》つのを感じて兄の顔を見つめる。その瞳はいつもと変わらず冷たい色をしていた。

「……分かりました」

抑揚なくテオが答えると、兄はそっと扉を閉めて姿を消した。またあの場所へ行かなくてはいけないのかと思うと、体が拒否反応を起こして震え始める。それを必死に抑えるように、テオは自分で自分の体を抱きしめた。

（ブラーヴに会いたい……会って抱きしめたい。そうしたら痛いのもつらいのも全部、忘れられるだろうに――）

どんなに過酷な戦場でも、ブラーヴに寄り添いそのぬくもりを感じて抱きしめるだけで癒やされる。それがない今は、ただ苦痛で心が壊れてしまいそうになるのをひたすら耐えるしかない。また再びブラーヴに会えるかもしれないと、そんな期待を捨てたくないのだ。確信のない望みだけを胸に、テオは戦場に赴く。

城の中が慌ただしく緊張感に包まれ始める。出陣の準備はテオの部屋でも始まっていた。いつもと同じように、テオの準備を手伝うのはライドだ。突っ立ったままのテオに服を着せ、ブーツを履かせ、腰にベルトを巻く。動きやすいが体を守るための簡易的な胸当てをつけ、テオの準備は着々と進められた。

「簡単な装備なのね」

部屋に姿を見せたのはアデリンだった。彼女は昔と全く変わっていない。美しい銀の長い髪。ブルーの冷たい瞳。そして六歳の初陣でもそうだったが、テオに対する冷たい態度も全く同じだ。

「ええ、僕は最前線では戦いませんので」

「本当に、のんきなものだわ。陛下と我が息子は前線で命をかけるというのに、あなたは本拠地のテントで治療にあたるだけなのでしょう？　その力があるのなら、ヘクターの傍で戦って欲しいものだわね」

テオにはそれができないのを知っていてアデリンはわざとそう言っている。なにをおいても息子のヘクターが最優先なのだ。父よりも息子の方を心配している口調だ。

「僕もそうしたいのですが、剣術は得意ではないのです。義母君《はは》もご存じでしょう」

「口の減らないこと。憎たらしいわね……。あの女の血を引いているかと思うとぞっとするわ。それに、その白い髪と目。まるで人ではないわね」

アデリンの目が憎々しげに眇《すが》められテオを睨みつける。これほどまでに嫌われるのはもう慣れっこだ。

　思い起こせばあの初陣でも心ない言葉を投げかけられた。あのときは嫌みだと気づかなかったが、今は理解できる。戦の準備をしていると、必ず一度は顔を見せてテオにひとこと言ってくるのだ。

「これは、勲章だと思っております。兵士を助けて力を使い変化したものですが、それだけ命を救えたという証《あか》しだと――」

　普段はほとんど言葉を発さないテオが、すらすらとそう答えた。その様子にライドも驚いた顔を見せる。

　テオの言葉を受けたアデリンの顔が醜く変化した。普段の澄ました青い瞳に憎しみが滲む。

「……なっ、なによその言い方。普段はろくにしゃべりもしないくせに、こういうときだけ反抗するのね。本当に気に障るったらないわ！」

　怒りを隠しきれないアデリンが、乱暴にテオの部屋の扉を閉めた。辺りに響き渡るような大きな音が立ち、ライドが反射的に肩を竦《すく》めた。

「アデリン様……すごく怒ってらっしゃいましたね」

「あの人はいつもそうだ。まぁ、僕にだけだが」

アデリンになにを言われても、テオの心は凪《な》いでいる。所詮《しょせん》、言葉だけの攻撃なのだからなんとでもなる。そんなことで傷ついて泣いてしまうような心なら、もうとうの昔に砕け散っているだろう。

ライドがテオの肩にマントをかける。それは幾度も戦場へ身につけていったものだ。何度洗っても血の臭いが取れなくて好きではなかった。だが父も兄も同じ濃紺のマントを身につけている。自分だけ嫌だからとしないわけにはいかない。

「殿下、準備が終わりました」

テオの膝丈ブーツの編み上げ紐を結び終えたライドが立ち上がる。

昔は若々しかったライドも、今はいい歳だ。戦場で負った怪我のせいで左足を引きずっているし、頬にも大きな傷がある。その両方をテオが治癒した。

「ありがとう」

——殿下！　こちらの兵士をお願いします！

その日、いつもよりも負傷者が多く疲弊していたテオは、声をかけられて振り返った。

そこには酷い有様のライドの姿があった。頬から血を流し、左足の膝部分から骨が飛び出していた。動脈が傷ついているのか、信じられない量の血液が流れ出している。目を疑う光景にテオは動揺したが、すぐにライドの治癒にかかった。

──殿、下……、私はもう、だめです。他の、兵士の命を……助けて、ください。

意識が飛び飛びになるライドがそう言うので、テオはしゃべるなと叫んだ。だがそのときの記憶があまりない。必死にライドの傷を治そうとしていたからだ。

　数人がかりでライドの体を押さえつけ、飛び出した骨を中に収める。ライドはあまりの激痛に気を失い、その間にテオは傷口に手を当て治療した。

そのときの怪我のせいでライドは戦場へ出られなくなった。頬の傷も痛々しく残り、今は専属の世話係として傍にいる。

「行ってくる」

「お気をつけて行ってらっしゃいませ。無事にお帰りになるのをお待ちしています。ご武運を」

背後からライドの声が聞こえ、テオはそれに押されるようにして部屋を出たのだった。

兄から開戦報告を受けてから二日後、テオは城を出て本拠地に向かっていた。今は昔のように馬の相乗りはしない。自分だけで馬の手綱を握り操ることができる。手も足も長くなり、兄よりは幾分身長は低いが立派に成長していた。しかし周囲の兵士や精鋭部隊の人間に比べたら貧弱だし、未《いま》だに剣を扱うのが不得手だ。練習は好きじゃないし、人を傷つける武器を持ちたいとは思わない。

（初陣のときは、すごく剣が持ちたくてわがままを言った記憶があるな）

昔を思い出したテオは、土煙を上げて進む隊列の中でひっそりと微笑んだ。

今回の戦は、陣取りがよくない。前回は丘の上から見下ろすような格好だった。しかし今度の陣取りは背中が高い崖《がけ》になっている。これでは上から奇襲をかけられたら、本拠地は一発でアウトだろう。

（こんなところに拠点を置いてよいのか……？）

いくら戦が嫌いでも、何度も戦地に赴いていれば誰に教えられなくても経験則で自《おの》ずと分かってくる。

テントに入ったテオは、その中に敷かれてある布を見て吐き気を覚える。グッと耐えて奥にいるハンナのもとへ向かう。

「ああ、殿下。よろしくお願いします。殿下のおかげで亡くなる兵士が少なくて、とても助かっています。みんな、家族が待っている者たちばかりですから」

「そう、なのか。でも、僕は……」

椅子に座り包帯を器用にくるくると丸めるハンナは、浮かない顔のテオを見つめている。

「それでも、戦争は嫌ですねぇ。人が、家族が亡くなるのは見たくないですから」

思いがけない言葉にテオは目を見開いて驚いた。助けられなかったときにはその家族が悲しむ。戦争とはそういうものだ。テオは考えもしなかった。自分に置き換えればすぐに想像できたのに、あまりに疎かった。テオは自分の責任の重さを感じずにはいられない。

「あらいけない、こんなこと言っていたら牢屋に入れられてしまいますね。みな命をかけて戦っているんですもの」

慌てたようにそう言ったハンナは、手元の包帯を巻ききった。すると開戦の笛が鳴り、ハンナとテオに緊張が走る。おそらく一時間もしないうちにこのテントは負傷者でいっぱいになってしまうだろう。テオは邪魔な胸当てを外した。戦いもしないのにこんなものをつけていても作業に支障が出るだけだ。

そうしてテントの中が戦場になる。呻き声や泣き声、テオに助けを求める声などで埋め尽くされる。

「殿下……殿下、どうか、お助けください。私にはまだ小さな子供がいるんです……どうか」

腹から血を流した兵士が這うようにしてテオの方へ向かってくる。テオの手は太股から血を流している兵士の治癒をしている最中だ。そちらに気が行って上手く治癒できない。

「い、今……行く」

ようやく目の前の人の傷口が塞《ふさ》がる。そうして腹から血を流している男性のもとへ駆け寄ったが、そのとき騒がしく叫びながら、兵士がテントに飛び込んできた。

「殿下！」

呼ばれて顔を上げると、長身で逞《たくま》しい体軀《たいく》の騎士が二人の兵士に肩を担がれながら倒れ込んでくるのが見えた。隊列の先頭部分で見た騎士だった。

「騎士団長を、治療してください！　今、騎士団長に倒れられたら……ハグリット様に倒れられたら、私たちは負けます！」

テオの前には腹から血を流した兵士がそのままだ。こちらから治癒させないと死んでしまうだろう。

「い、いや……この兵士を治療したら、すぐに……」

弱々しい声で答えるが、苦痛に耐える兵士の声に掻《か》き消されてしまった。

「なにをおっしゃっているのですか！　ハグリット様を優先してください！」

「でも、ハグリットはこの人ほど、重傷ではないように見受けられるが……」

同じように出血はしているが、ハグリットはまだ意識はある。しかしさっきまでテオに助けを求めていた兵士は意識がなくなりぐったりしていた。このままではすぐに死んでしまうだろう。

「一兵士よりハグリット様の命の方が重いのですよ！」

無礼をお許しください、と口にした兵士がテオの腕を摑んだ。テントの入り口付近に座り込んだハグリットの前へ連れてこられた。

「わ、分かった。……分かったから」

すぐにハグリットの治癒に取りかかる。

「殿下……申し訳ありません。この戦は混沌《こんとん》としています。陛下もヘクター様も苦戦しておられる。私がすぐに戻らなければだめなのです……」

土埃《つちぼこり》と血に汚れたハグリットがそう告げる。彼の身につける鎧もたくさんの血飛沫《ちしぶき》が付着していた。

分かっている、とひとこと呟いたテオはハグリットの傷を完全に治癒した。さっきまで苦しげな表情を浮かべていたハグリットがすっくと立ち上がる。

「陛下とヘクター様のことは、私にお任せください」

男臭い顔に笑顔を浮かべたハグリットが、二人の兵士とともにテントを出ていった。ホッとしたテオだったが、すぐに先ほどの兵士のもとへ治療をしようと戻ってくる。

「今、治してやるからな」

傷口に手を当てて集中するも、傷口は一向に塞がらない。兵士の顔は真っ白で血の気がない。これほどの傷口にもかかわらず、彼の腹からはもう血は流れていなかった。亡くなってしまえば、治癒の効果はなくなり傷口は塞がらない。

「そ、そんな……」

テオは兵士の胸に耳を当てる。そこに聞こえるはずの心臓の音がしなかった。ゆっくりと兵士の胸から顔を離した。頰にはその兵士の血がべっとりついている。だがそれを拭う気力さえ湧いてこない。

命に重さの違いはあるのだろうかと、そんなことを考える。この兵士には家族がいた。いや、この兵士だけではなく、ここにいる全ての人に愛する人がいるのだ。なのになぜ死ななければいけないのか。

（どうして……こんなに悲しい。どうして——）

傷を負ってここに運ばれる人は運がいい。ほとんどは最前線で命を落とすのだ。そんな場所に父も兄もいる。戦争なんて大嫌いだった。このテントも大嫌いだ。

「……もう、本当に、嫌だ」

テオが治癒しなければ今以上に人が亡くなる。だがどんなに頑張っても亡くなる人はいて、その中でも命に順番をつけられる。そんなのはもう耐えられなかった。ずっと子供の頃からここで力を使うのが怖かった。目の前で助けられずに消えていく命を見るのがつらかった。

（戦争なんて……どうしてするのですか、父上……）

ウルリヒが戦争好きなのだと気づいたのは十二歳の頃だった。それまでに何度も戦地に行っていたが、一向に戦争が終わらないことが不思議だった。いや、終わりが来てもすぐに始まるのだ。そしてそのたびにテオの地獄が繰り返される。このままでは永遠に――。

「父上……、兄上……、僕はもう――」

兵士の腹の上から手を離したとき、テントの入り口に誰かが立ちはだかった。逆光になってその男の姿はよく見えないが、手には抜き身の剣が握られている。それを見て全身が恐怖に粟立った。

周囲を見渡し、男がテオで視線を止めた。そして地を這うような低い声がテントに響く。

「見つけた……お前が、悪魔の申し子だな！」

男の体は大岩のように巨大だった。鎧の隙間から見える筋肉は山のようで、その手に摑んでいる剣も太く長い。

リカドールの兵士と同じように返り血に染められた体は、全身から殺意を放っていた。

「ひぃっ！　エンリータの……兵士っ！」

ハンナの声にテオも傍にあった剣に手を伸ばしたが、エンリータの兵士の方が一瞬速かった。振り上げられた剣がテオの真上で光を不気味に反射させた。そして剣の影がテオの顔に落ちる。

（これで、いい――）

この剣が振り下ろされれば、テオの地獄は終わる。なんて簡単な幕切れなのだろうと思った。そしてようやく母のもとへ行けると気づいて胸に安堵《あんど》が広がる。テオの口元が微笑んだのを見つけたエンリータの兵士は、怒りに眦《つ》を吊り上げた。

「これで終わりだ！」

テオはゆっくりと目を閉じた。あの太い剣が左の肩から胸の真ん中目がけて振り下ろされる。やはり血がたくさん出て痛いのだろうか、とそんなことを冷静に考えてしまう。だが、いくら待ってもテオの想像していた痛みはこなかった。

その代わりにテオの体は誰かに抱きしめられる。テオの背後で金属の擦れ合う音がしたかと思うと、男の呻き声が聞こえた。

（なに……どうなってるんだ？）

ゆっくりと目を開くと、目の前には銀髪が見えた。顔を上げれば、そこには兄の険しい顔がある。ヘクターが腕を引くと、血飛沫がテオの頭上から降り注いだ。

白い髪がみるみるうちに赤く染められる。どすん、と大きな音が背後で聞こえた。

「テオ、怪我はないか」

涼しい顔で自分の剣の血を振り払い、鞘に収める兄を見上げる。ヘクターが手袋を外し、テオの顔に飛んだ血を拭ってくれた。兄の美しい銀髪もテオと同じように血に染まっている。

「兄、上……」

「補給に戻ってきた。そうしたら、他のテントも襲われていたから、急いでここへ来た。狙《ねら》いはお前だというのはすぐに分かったからな」

テオの頬に触れる兄の手がやさしい。あまりにやさしくて涙があふれた。

「兄上……、兄、上……っ、うあぁぁっ！」

涙が止まらなかった。頬に涙の道がいくつもできる。死ねると思って安堵したはずなのに、今は兄に助けられて生きていることに胸を撫で下ろしていた。自分の感情が自分で制御できない。

「テオ、泣くな。泣き止《や》むんだ。他の者に泣き顔を見せるでない」

ヘクターがテオを抱きしめる。あまりの驚きにテオは一瞬で泣き止んだ。今まで兄に抱きしめられた経験などない。まるで感情がないかのように冷たく義務的だった。初陣を終えたテオが寝込んだときに、やさしく頬や額に触れてくれたのが唯一感じた兄のやさしさだったのだ。

「大丈夫だ。他の者に見えないよう、こうしてやる」

「ど、して……。兄上は、僕が、嫌いではないのですか……？」

「どうしてそう思う？」

「……………義母君も」

「ああ、母上か。あの人はお前にきついからな。だが、私はお前を嫌いではない。母とは違う」

テオを抱きしめている腕に力が込められた。父にも兄にもこの能力だけあてにされ、テオ自身を見ていないと思っていた。だが今、少なくとも兄はそうではないと知った。

（兄上は……僕を嫌ってはいない……？）

涙に濡れた頬を手で拭い、兄の胸から体を離す。見上げたヘクターの顔は、テントに入ってきたときと変わらない。だがいつもは冷たく感じる青い瞳が少しやさしく見えた。

もしもテオが特殊な力など持たず剣を使えていたら、兄とともに最前線で戦っていたのだろうか。そんな想像を何度もした。

（いや、剣は……無理か）

取り乱したテオだったが、少し冷静さを取り戻した。そしてふと過去の記憶が蘇《よみがえ》る。

それは兄から剣術を教わっていたときのものだ。

——テオ、そんなへっぴり腰では、すぐにやられてしまうぞ。

練習用の木剣を手に、中庭でよく練習に駆り出された。しかし剣術は苦手で、いつも苦戦を強いられたのだ。

——む、無理っ！　兄さま、もっと、やさしく、教えてくださいっ！

テオが身構えた剣に、右から左から打ちつけてくる。木製の剣なのでカンカンと鈍い音しかしないが、兄の気迫は本物だった。

——戦の最中、敵にそう言うのか？　それで相手が手加減すると？

兄の顔が険しくなり、右からの殴打を剣で受けたテオだったが、あまりに強くて剣が手の中から離れていった。くるくると空中で回った剣が、中庭の花壇に突き刺さる。テオはその場に激しく尻餅《しりもち》をついて、兄を見上げたときには喉元に木剣を突きつけられていた。

——兄さま、僕は剣術は嫌いです。怖いし……痛いです。

——テオ、もしも私が傍にいないとき敵に襲われたら、自分で自分を守るしかないのだ。だから練習は必要だ。

そう言ってヘクターが手を差し伸べ立たせてくれる。しかし何度練習をしてもテオの剣術は上達しなかった。

そのときの懐かしい記憶を思い出して兄を見上げる。兄の目はあのとき剣術を教えてくれていたものとは違う。テオを抱きしめたさっきの兄とも違っていた。

「兄う……」

「仕事に戻れ、テオ」

言葉を遮られ、笑顔を作ろうとして失敗し、テオの頬は引き攣った。

立ち上がった兄は、マントを翻してさっさとテントを出ていってしまう。あっという間に目の前には現実が戻ってくる。リカドールの兵士が敵の兵士の遺体を運び出し、そこに新たな負傷兵が連れてこられた。担架の上で苦しそうに身もだえる兵士は、腕や腹、肩から血を流している。ハンナとその助手が鎧を脱がせその下のシャツを鋏《はさみ》で切り始めた。

「殿下、お願いします。……殿下？」

ドクドクと傷口からあふれる血を見て、テオは体が動かなくなった。やさしくしてくれたかと思えば、兄はすぐにテオを地獄に突き落とす。そうして何度も何度も掬い上げては落とされて、もう分からなくなってしまったのだ。

「殿下？」

ハンナの呼びかけにゆっくりとそちらに顔を向けた。しかしテオの目にはなにも映っていない。なにも考えられないし、したくない。

テオの心のグラスに我慢の水が満ちて、最後の一滴が落とされる。その一滴で全てあふれ、止まらなくなった。

周りの悲鳴や呻き声がなにも聞こえなくなる。そして視野が狭くなり、とうとう目の前が真っ暗になった。最後に聞いたのはハンナの自分を呼ぶ声だった。

体が揺さぶられてテオは目が覚めた。目の前には真っ赤な夕焼けに染まった空が広がっている。切れ切れになった白い雲も同じ色に染まっていた。妙に穏やかな気持ちで、頭の中がすっきりしている。

（僕は、どうなったのだ……？）

ゆっくりと体を起こす。どうやら馬車の荷台に寝かされていたようだ。幌がついていないので美しい空を眺めることができる。テオの他に乗っているのは負傷した兵士で、白い包帯が痛々しく血に染まっていた。

「目が覚めましたか？　殿下。うなされておりました」

心配そうに顔を歪《ゆが》め涙ぐむハンナが声をかけてくる。そちらに顔を向けたテオだったが返事はしなかった。

上半身を起こし辺りを見渡す。馬車の少し前の方には兄の後ろ姿が見える。隊列を組んで城に戻っているところを察するに、今回の戦闘は早く決したようだ。

遠くにバラシア樹海が見える。城までまだもうしばらくかかるだろう。テオは黙ってオレンジに染められている樹海を眺めていた。周囲には馬が蹄で土を蹴る低い音が響き、鉄のような臭いを風が運んでくる。

テオはバラシア樹海を見つめながらブラーヴのことを考えていた。もしもこのまま樹海に入ったら、ブラーヴに会えるのではないかと。

(ブラーヴに会いたい。今すぐに抱きしめて、あのふさふさの毛に顔を埋めたい)

胸の奥がきゅうっと締めつけられる。喉の奥がツンと苦しくなって、今にも泣き叫びそうな気持ちだった。

「ブラーヴ……会いたい」

テオが呟いた言葉は、いろいろな雑音に掻き消された。馬車の荷台に揺られながら、テオの心は深い闇に落ちていく。這い上がってこられないような暗い場所だ。もう誰にもテオは救えない。

第三章　森の王

テオは自室のベッドの上で静かに目を覚ました。もう朝日は昇ったのだろうか。部屋の中がボンヤリと明るく見える。カーテンの隙間から薄白い光が床に差し込んでいた。

ベッドから下りたテオは窓辺に近づき、カーテンを少し開ける。朝日が見えると思ったが、そこは薄暗く光るバラシア樹海が広がっていた。空には幾万の星が輝き、星とともに大きな黄色い満月が浮かんでいた。

「夜……？」

朝日のように輝く月が眩しく、テオは反射的に目を細めた。おかしなことが起こっている。夜なのに部屋が明るく見えるし月が太陽のようだ。星が出ているから夜なのは確実なのに、こんなに輝いている月明かりは初めてだ。

どんなに星が綺麗でも月が眩しくても、テオの心の中に光はなかった。目が覚めると、生きている自分に罪を感じてしまう。自らの命を絶とうとも考えた。けれどそうしたら天国にいる母に会えないと分かっていたから、どうしてもそれはできない。だから夜ベッドへ入ったとき、翌朝、目が覚めませんようにと願う。しかしそれは叶わず、目が覚めて絶望するのだ。その繰り返しである。

テオはテラスに出た。踝《くるぶし》まである長いワンピースような夜着の裾を揺らし、素足で石造りの階段を下りる。自分でできないなら、この森に自らの命を委《ゆだ》ねようと考えた。

常に綺麗に刈られた芝生の上を歩き、月の青白い光に照らされる薔薇を眺め、テオはバラシア樹海に足を踏み入れた。森の中はもっと暗いはずなのに、テオには周りの景色が手に取るように分かる。

（なんでこんなに明るいのだ？）

立ち止まって森の中を見渡した。奥の方は暗い闇があるように見えるが、半径十メートルほどの範囲はよく見える。一度だけ後ろを振り返り、見慣れた裏庭を確認した。見るのはこれで最後かもしれないからだ。

（これで母上のところへ行けるだろうか？　だめ、かもしれぬな……）

悲観的な感情に支配されたテオは、再び歩き始めた。森の奥へ――。

芝生のような足触りのいい場所から、ゴツゴツした冷たい地面が足の裏を刺激する。尖った石がテオの足を傷つけ、茨《いばら》の蔓《つる》が夜着を切り裂く。血が流れて痛くても、獣道を歩いて森の奥へと進んだ。傷はついてもすぐに治癒の力で傷口は塞がる。しかし夜着などは赤く染まっていった。そうしてふらふらになりながら少し広い場所へやってくる。

「はぁ、はぁ、はぁ……僕を、母上のところへ、連れていって……ぅわっ！」

足元がおぼつかなくてその場に転ぶ。地面に両手をついて頭を上げると、目の前に動物の鼻先が近づいた。テオの鼻とその動物の鼻が一センチの距離だ。

「え……」

そのままフリーズしたテオと、鼻先をひくひくさせる動物と見つめ合った。

「うわぁっ！」

驚いて飛び起き、今度は尻餅をついた。目の前にいるのは小さな動物だ。膝の上に乗るくらいのかわいらしいウサギである。

「お前は、ウサギ、なのか？」

赤い大きな目とよく動く鼻先、かわいらしい短い前足はウサギそのものだ。だがなにか違う。長い耳があるはずのそこに、大きな鳥のような羽がついていたのだ。体毛はこげ茶で、手足は黒く、しかしその羽のような耳は先に行くほど金色っぽくグラデーションしていて目が離せなくなるほど美しい。首には真っ白で毛足の長い襟巻きのような毛皮を巻いている。その翼が羽ばたくと、その動物の体がふわりと浮き上がった。テオは目を見開き、驚いて開けた口もそのままだ。

う。

「あなた、こんなところでなにしてるの？　夜に樹海へ入ってはだめよ」

そのウサギのような飛ぶ動物から声が聞こえた。しかし口は動いていなかったように思う。

「な、なに……？」

「私？　私はエルシー」

こともなげにそう言って、エルシーはテオの顔の前まですいっとやってくる。そのままくるくるとテオの周りを飛び、匂いを嗅ぎ始めた。夜着はところどころ破れ、足や腕には血がついていて、ボロボロな姿のテオをエルシーが訝《いぶか》しげに見る。

「あなた名前はなんていうの？　私の名前だけ聞き出すなんてずるいわ」

別に聞き出したわけではない。

「ぼ、僕は……テオ、テオハルト・ウォーリナー……。それ、どうして耳が羽なのだ？　なぜ人の言葉を話せる？　これは夢なのか？」

「一度にたくさん聞かないで。頭が混乱しちゃうじゃない」

膝を立てて座っているそのテオの膝頭に、エルシーがちょこんと下りた。夢なのか、それともう天国に来てしまったのかと思った。

（幻を見てるのだろうか……これ、やはり夢か？）

だが膝の上にエルシーが乗っているし、やわらかな肉球の感触がある。そっと右手を伸ばして、エルシーの鼻先に触れた。初めはビクッと怯《おび》えた素振りを見せたが、テオが鼻筋をやさしく撫でると、エルシーは大きな赤い目をゆっくりと細めていく。

「触れる……」

そう呟いた途端、エルシーが膝頭からふわっと飛び上がってテオから距離を取った。

「失礼ね。触れるに決まってるじゃないの！」

「あ、そう、か。……すまない」

「まぁいいけどさ。で、テオ……ハルトだっけ？　あなたそれ怪我をしているの？　平気？」

エルシーが目の前に近づいたり離れたり、テオの前を忙《せわ》しなく動き回る。確かにテオの格好は酷い。

「これは、少し、……いろいろと転んでしまったのだ。だが大丈夫。怪我はこうしたら治るからな」

さっき転んで傷になったその上へテオは手を乗せた。集中すると腕の痛みが引いていく。傷付近の血を拭うと、そこにあった傷跡は消えている。

「うっそ！　なにそれ！　あなたすごいわ！　じゃあこれも治せるの？」

　今度はテオの目の前に下りたエルシーが、体を横にして後ろ足を見せてくる。そこには血が滲んでいて、どうやら怪我をしているようだった。足の毛の色が黒っぽいので言われるまで気づかなかった。

「どうした？　どこかで引っかけたか？」

　テオはエルシーの傷口に手を乗せた。少し集中すると手の平が熱くなり、エルシーの傷はすぐになくなる。

「ほら、これでよいぞ」

「わぁお……本当にもう痛くない。なにこれ、どういう魔法なの？」

　今まで四本足で歩いていたエルシーが上半身をグッと上げる。小さな前足でテオの手の平を興味深げに撫でながら見つめた。たまにクンクン臭いを嗅ぎながら、不思議そうに首を傾《かし》げた。

「それで、おぬしは……」

「もう、名前で呼んでよねっ。私はエルシーよ。あなたはテオ……ハル、ト……えーっと、もう長いのは覚えられないからテオでいいわよね」

　勝手にそう言ってエルシーが笑った。そういえば、テオの質問にはなにひとつ答えてもらっていない。

「それでエルシー、これは夢とか幻でないのなら、どういうことなのだ？　どうして……というか、エルシーは何者だ？」

足の怪我が治ってうれしいのか、目の前をエルシーがくるくる飛び回っている。どう考えてもこの体にあの羽は小さすぎるかと思う。それなのに身軽で、まるで重力なんて無視したような飛び方をするので目が離せなかった。

「私？　私はエルシーだってば。獣人族よ？　テオは森の外の人間でしょう？　こんなところへなにしに来たの？　ここより先は獣人族の住む場所。入れば殺されちゃうわ」

「獣人族……」

エルシーの説明に、テオは少し前の父とマスルニアの年配の男性が話していた内容を思い出す。確かバラシア樹海にいる獣人族の王の噂について話していたように思う。

(噂じゃなかったのか……。本当に、いるのか)

目の前にいるエルシーの存在が、あのときの会話を真実にした。となれば、獣人族の王の血を父に飲ませて不老不死にすれば、もうテオは戦場に駆り出されないかもしれない。

「ねえってば！　テオ、私の話を聞いてるの？」

「えっ……、な、なんだ？」

「なんだじゃないわ。早く引き返して。ここにいてはだめよ。王様に見つかったら、本当に無事では済まないもの」

「王様……？　獣人王がいるのか？」

「当たり前でしょう？　私たちは獣人族よ。王様がいるに決まっているじゃない」

エルシーは自慢げにそう言って、短い前足を胸の前で組んだ。

「そうか、王はいるのだな。僕はそのつもりでこの森に入ってきたのだから、それでいいのだ」

「え？　どういうことなの？　クライド様に殺されに来たっていうの？」

「それでもよい。僕はもうあの城には帰るつもりはないのだ」

「呆《あき》れた……。テオはそんなに素晴らしい力を持っているというのに、どうして死のうんだなんて思うの？　私なんか、体が小さくてちょっと飛べるってだけで、他になにも持っていないわ」

エルシーがくるっと空中で回ってみせて、そのままテオの近くまでやってきた。大きくて赤い目で、なにかを問いかけるように見上げてくる。

「この力が僕を殺すのだ」

「その力はなにかを助けるためにあるのでしょう？　さっきだって私の傷を癒やしてくれたもの。殺すだなんておかしいわ。それにテオはいい人だと思うもの」

どんなに説明をしても、きっとエルシーにはテオの苦しみは分からない。この力があるから父や兄が戦争をやめなくて、戦場にテオを連れていき過酷な仕事をさせるのだ。命が消える瞬間をもう見たくはない。悲鳴も呻き声も怒号も、殺意も敵意も全て嫌いだ。全ての元凶はこの力なのだ。

「もうよいのだ。エルシーに言ったとて、きっと絶対に分からないだろう。それに僕はいい人ではないよ」

テオは立ち上がった。この先が獣人族の住む森だというなら行くしかない。森の中で餓えて死ぬかと思ったが、まさか獣人族の王に殺されるなど想像もしなかった。だがこれでテオの望みは叶えられる。

エルシーの制止を聞かず、テオはさらに森の奥へと足を踏み入れる。夜着の裾を噛んで引っ張るエルシーは、中へ入れたくなさそうだ。

「だめだってば！　バカバカバカっ！　この先は絶対にだめっ！」

「離してはくれないか、エルシー。僕は行かなくては。獣人王に会わなくてはだめなのだ」

会ってこの命を奪ってもらわなくては、と言葉を続けた。それを聞いたエルシーは大慌てで飛び上がる。

「分かった、分かったから落ち着いて、少し話しましょ」

テオの顔のすぐ前に飛んできたエルシーが、小さな手で額を押してくる。

「話すって、なにをだ？　僕はなにも話すことはない」

「私が、クライド様をここに連れてくるわ。それならいいでしょう？　王様に会いたいだけならそれでいいわよね？」

「僕が中へ入ればそなたの国の王が気づいて、ここへ来るのではないのか？」

「そ、そうだけど、でも他の獣人たちが突然やってきた人間に驚いて、みんなパニックになってしまうでしょう？　それに私が中に入れたってバレたら、どんな目に遭うか……」

体を震わせ怯えた素振りをして、みんなを驚かすのはやめて欲しい、とエルシーに頼まれてテオは足を止めた。自分の命を絶つために他に迷惑をかけるのは間違っている。そう思い直してその場に座り込んだ。

「分かった。ここで待っているから、エルシーが連れてきてくれるか？」

ようやくテオの足を止められて、エルシーが分かりやすくホッとしている。その様子はなんだかかわいらしい。

「テオは足の怪我を治してくれたし、呼びに行くくらいならするけども……。でもクライド様が来るかどうかは分からないわよ？」

「それがそなたの王の名か？　クライド……なんというのだ？」

「クライド・エアルドレッド様よ。じゃあテオはここにいてね。絶対にここから先に来ちゃだめよ」

エルシーが近くにあった棒きれで地面に線を描いた。まるで子供が遊びでするような行為におかしくなる。だがエルシーは真面目そのものだ。

（顔がウサギだから表情がいまいち分からぬが、とても真剣に話しているな）

エルシーの言葉に頷き、テオはしばらくこの場所で待つことにした。少し開けているこの場所は、城の裏庭のような綺麗なところではない。足元は土のところもあれば少し苔《こけ》むしたところもある。倒木が重なり合いその下から草が生え、周囲には背の高い葉の茂った木々が立ち並ぶ。木の枝には蛇のように蔦が絡んでいたり、部分的に苔が生えていたりする。ぐるりと周りを見渡せば、道などなく迫るように木々が生えていた。空上を見上げると、木々の隙間から夜空が覗いている。

今でも森の中が明るく見えるし、木々の隙間から差し込む月明かりがまるで陽の光のように地面を照らしている。

テオは立ち上がってエルシーが消えていった森の奥を見つめた。さすがに全ては見通せないが、どうしてこんなに見えるようになったのか不思議で仕方がない。

（こんなに見えるから、エルシーとやらも夢だろうかと思ったが、どうやらそうではないらしい）

自分の手を見つめ、開いて閉じてを繰り返す。しばらくそうしながら森を眺めていた。本当にエルシーが戻ってくるのか確信はない。だが森の奥の方から葉の擦れあう、ざわめきのような音が聞こえ、ハッとしたテオは辺りを見回す。四方八方からゴオオ……と轟《とどろ》くような地響きが聞こえ、方角が分からず不安になる。

（地鳴り……？　いや、違う。なにか来る）

気配が迫ってくるのが分かった。姿はまだ見えないが、耳を欹《そばだ》てるとなにかが歩いている音が接近してくるようだ。

小枝を踏む音。

草を分ける音。

そして荒々しいような呼吸音。

「――っ！」

テオが背後に迫ったそれに気づいて、勢いよく振り返る。そこには山のような黒い影が目の前に立ちはだかっていた。声も出せないほど驚いて、その黒い山を見上げたまま一歩二歩と後ろへ下がっていく。

「お前か」

大地を揺さぶるような地を這う低い声が、びりびりとテオの鼓膜を破らんばかりに震わせた。月明かりの下へ一歩踏み出した獣人王は、信じられないくらい大きく、真っ白で美しい獅子の獣だった。

二本足で立っているが、頭部は人ではなく獅子である。琥珀《こはく》のような黄金の瞳と大きな口。そこからは白く鋭い牙が見える。

エルシーと同じように、目の前の獣人王も服を着ている。濃紺の膝上まであるチュニックを革ベルトと白い布で縛り、濃い緑のマントを羽織っている。その隙間から筋肉の盛り上がった太い腕が見えるが、そこも白い毛に覆われていた。

「私に食われたいのは、お前か」

再び問われたがテオは答えられなかった。真っ白で長い鬣が月夜に輝き、それがあまりにも幻想的で美しかったのだ。なにも答えないテオに焦《じ》れた獣人王がまた一歩前に出る。そしてマントの陰からにゅっと手が伸び、テオの細い首をグッと摑んできた。

「……はっ！　や、なに……っ！」

力はそんなに入っていないが、あまりに大きな手に摑まれて身じろいだ。軽く摑まれているだけなのに、首を動かせないどころか一歩も動けない。

「私に食われたいのか？」

威嚇《いかく》するように唸り声を上げて牙をむき出しに迫ってくる。だが驚いたのは最初だけで、テオは全く恐ろしいと感じていなかった。この美しい鬣に触ってみたいとさえ思っている。

「クライド様！　だめですよぅ！　私の怪我を治してくれた人です！　食べないで～！」

「なんだ、食われたいのではないのか？」

テオの首を摑んだまま、大きな獅子の顔がエルシーの方を向いた。飛び上がって獣人王の目線の高さまでやってくると、必死に小さな手で鼻先を押し返している。

「テオを離してくださいっ！　クライド様ぁ～！」

エルシーが必死に訴えるので、ようやくテオの首から大きな手が離れていった。両手で自分の首をさすり小さく咳《せ》き込んだ。金色に輝く鋭い獣の瞳はテオを睨みつけている。

「あなたが、獣人王のクライドか？」

「いかにも」

「僕はテオハルトという。この先には入ってはだめだとエルシーに言われた。中へ入れば、僕はそなたに食われてしまうのか？」

まるで普通の人間に話すように問いかけると、顎の下の長い鬣を右手で撫でながらクライドは考えている。

「やはり食われたいのか？　許可なく中へ足を踏み入れれば、命の保証はしない。そなたは死にたいのか？」

「どうやら、あなたの許可なく中へ入るしかなさそうだ」

「私にそなたを殺せと、そう言っているのか？　死ぬと分かっていて中へ入り、その血でこの手を汚せと？」

「あ……、それは、その……」

誰かに迷惑をかけて命を絶ちたくないと思っているのに、これでは本末転倒だと気づいた。行く場所はここにもないのか、と肩を落とす。

「なぜそれほどまでに命を粗末にするのだ？　エルシーの怪我を治癒したと聞いた。それなのに自らの命は大切にしないのか？」

「僕は、もう疲れたのだ。血を見るのも誰かの命を救えないのも、悲しみや絶望を感じることに、疲れたのだ……」

クライドがテオの話を黙って聞いている。さっきまであった威嚇するような空気や、ビリビリ刺さるような雰囲気が消えていく。

「こんな力があるから、父は戦を続ける。きっと僕にこの力がなければ、父は僕を見もしなかっただろう。それでよかったのだ。よかったのに……」

父に愛されていないと知っている。もう何年も前からそれには気づいていた。だが戦場に行かなければ自分がいる意味はなく、存在する価値がないと思い知っている。

（それももう、限界だ）

父が必要としているのはテオの力で、テオ自身ではない。誰かに求められるのは嫌ではない。しかしそこに愛はないのだ。

テオがなぜそうしたいのかを語ると、クライドが大きく息を吐いた。目の前の獣人王を見上げる。だが人と違って表情が変わらないので、なにを考えているのか読むのは難しい。

（そう話したところで、きっと理解はしてもらえないだろう）

戦が嫌だから、父に愛されないから、行く場所がないから……そんな理由で獣人の住む森に入ろうだなんてとんだわがままだ。それは十分自覚していた。

強引に入れば、戦をする父と同じになってしまう。それだけは嫌だった。そう考えると、テオのいる場所はやはりあの城しかない、とそう思ったとき――。

「エルシーの傷を治癒させたと聞く。そんな恩人を追い払うほど、我ら獣人は恩知らずではない。だが死にたがりを中へ入れるわけにはいかない」

言っている意味は分かるか？　とクライドの瞳が問いかけてくる。心配そうな顔でエルシーが近づいてきて、テオの顔を覗き込んだ。

「分かった。中へ入れてもらえるのなら、命を投げ出すような言葉は口にしない。獣人王よ、中へ入る許可をくれるか？」

さっきまで緊張に満ちていた周囲の空気が、一気に緩和していく。

「その呼び方はやめろ。クライドでいい」

テオを観察するように見つめていたクライドの声がやさしくなった。ぶっきらぼうにそう言って、ふいっと視線を逸《そ》らされる。表情は変わらないが照れているらしい。

「なら僕のこともテオと呼んでくれ。クライド」

だったら自分も、とそう提案したが、クライドは返事をしてくれなかった。その代わりテオに背中を見せて、マントの下から覗く先に房のついた尻尾が大きく左右に振られた。

「エルシー、あとでラストアにこの場所を調べさせろ。結界が弱まっている」

「分かりました！　それでクライド様、テオは長老の家に招いてはどうですか？　あそこならここからすぐですし」

「そうだな。長老なら場所を貸してくれるだろう」

目の前で大きな体のクライドと、彼の手の平サイズのエルシーが話しているのを不思議な気持ちで見つめていた。まるで現実の世界だとは思えない、おとぎ話のワンシーンのようだった。

（他の獣人ってどんな感じなのだろう。鳥とかもいるのだろうか。あ、そうしたら獣人じゃなくて鳥人になるのか？）

くだらない想像をしていると、エルシーと話し終えたクライドが振り返った。

「中に入れ。案内する」

「あ、ああ」

クライドが森の奥へ向かって歩き出し、テオはそれに倣って歩き始めた。ちょうど目線の高さにエルシーが飛んでいて、テオの歩く速度に合わせてくれている。

「テオはこんなに真っ暗な森の中でよく周りが見えるよね」

「え？　うん……普段はこんなに見えないのだが、今日はなぜか明るく見える。だから森と同じ色のマントをつけたクライドの背中も見えるのだ」

少し前を歩いているクライドを指差した。エルシーとの会話を聞いているのか、ピンと立った大きな耳がときどき動いてこちらを向いている。

「へぇ、人間なのにそんな動物みたいな力を持ってる人もいるんだね。テオは治癒の力もあるし、本当にすごいわ」

お世辞でもなんでもない、素直な感想を口にしているようだ。だが力の話をされるのは苦手だった。ある意味自分の欠点だと思っているからだ。クライドにもテオの力について根掘り葉掘り聞かれるのだろうか、と少し憂鬱《ゆううつ》になる。深く聞かれても、物心ついた頃からできるようになっていたし、どうしてそうなったのかも分からない。

（僕にもこの力の説明はほとんどできないのだが）

この力のせいで地獄を見てきたのだから、テオが嫌うのは当たり前だ。だが城の裏庭にやってくる動物や、さっきのようにエルシーの傷を治せるのは便利だとも思う。

クライドの後ろを歩きながらテオは辺りを見渡す。どこを見ても同じなので、帰るときは迷ってしまうだろうと思った。

（帰る？　どこに帰るというのだ）

そんな場所などないのに、まだどこかへ帰ろうとしている自分におかしくなってしまった。

しばらく森の中を歩き、いつの間にか少し開けた場所に出ていた。テオの足元は獣道ではなく、ちゃんと使用されているであろう踏み固められた形跡のある道に変わっている。

「ここは、なんだ……？」

見上げると抜けるような空間が広がっている。背の高い幹の太い木々が左右に連なり、その木のうねりを利用した家らしきものが見えた。

（あんなところに小屋？　誰か住んでるのか？）

ひとつ見つけると、あちこちに同じような小屋があるのに気づいた。周りの木々に同化して見えていなかっただけのようだ。

大木の幹にまるでキノコの傘が生えるような感じで、屋根がいくつも突き出ている。キノコの傘のような屋根の下には、もちろん家らしきものが見える。そこへ蔦や木でできた梯子《はしご》がかかっていた。太い根っこを階段にしているものもある。テオの住んでいる城とはあまりに違いすぎて、その珍しさについ足を止めて辺りを観察してしまった。

その小屋を視線でなぞり、そのまま空を見上げる。鬱蒼《うっそう》とした木々が空を覆い尽くしているのかと思えば違っていた。空いた隙間から月がまるで太陽の明かりのように森の中を照らしている。

「あ、月明かりか……。あれがあるから暗くないのだな」

思わず呟くと、隣にエルシーがすいっとやってくる。

「夜はあの場所にお月様が、朝になるとお日様があの場所にいるわ」

「でも太陽も月も、動いているだろう？　夕日は低い場所に出たりする。そうしたら……」

「平気なの。ここは特別な場所。お月様も太陽もあの場所を動かないわ。だからこのガリエン地区は暗くならないの。とはいえ、夜は月明かりだから少し薄暗いけどね」

　ここの明かりは自由自在に操れるのだとエルシーに説明してもらったが、いまひとつ飲み込めない。太陽と月の場所をどうやって固定するのか、テオには想像できなかった。

「おい、早く来い。こっちだ」

　立ち止まっているテオとエルシーに向かってクライドが声をかける。慌てて足を進め追いついた。一番大きくて太い木の前にやってきて、クライドが上を見るのでテオも釣られて同じ方向へ視線を向ける。そこには今まで見てきた小屋の中でも一番大きいものがある。

「ゲンダイ長老、上がってもよいか」

　クライドが声を上げると、小屋の扉が開いてなにかが顔を見せた。

「おお、クライド様。こんなところまで来られるとは。どうなされましたか」

　扉を開けて出てきたのは、二本足で歩く山羊のような顔をした獣人だった。白い体毛に長い顎髭。頭部の左右から細長い角が伸びている。クライドと似たような服装をしているが、マントは身につけていなかった。

「客人はいつでも歓迎でございますよ。どうぞ」

　長老の許可が出たのでクライドが階段を上り始める。他の家にある蔦梯子や木の階段を、大きな体のクライドが使えば壊れてしまうのではと少し心配だ。だがこの長老の家の階段は大きく丈夫にできているように見えた。多少は軋むが、目の前でクライドが上っても大丈夫そうである。

不安な面持ちでテオもその階段を上り、長老の住む家の中に招かれた。外から見るより想像以上に広いようだ。木の幹にくっついているような小屋なのに、中には暖炉があり、煙突が上へ伸びている。基本的に木造りの小屋だが、暖炉は石造りで上に伸びる煙突は鉄製らしい。

小屋の中は暖かく、床には手織りであろうラグが敷いてあった。布のカーテンで隣の部屋と仕切られてあり、まだ奥があるのかと驚いてしまう。

小屋の壁には不思議な配色のタペストリーや絵がかけてあり、いくつもランプがかけられていて明るい。暖かみのある空間だなぁと辺りを見回した。窓もあるし、日が昇れば小屋の中にも光が差すだろう。

この小屋の中、いやこの森全体がとても不思議な空間だった。テオの住んでいる城とは比べものにならないくらいの異空間である。

「お客人がクライド様だけでないのは、私が知っている限り二度目ですな」

「そうなのか？　こんな夜に申し訳ない」

「いえ、とんでもないです。もうそろそろ日が昇りますし。それに私は早起きですから」

クライドがラグの上に胡座《あぐら》をかいて座る。エルシーがクライドの隣にちょこんと小さな体を下ろした。

　テオは入り口近くに立ったまま小屋の中の様子を眺めていた。すると三獣人の視線がテオに向く。ドキッとして身じろいだ。

「そちらのお客人も、まぁ、お座りなさい」

「ありがとう……」

　長老に促されてエルシーの隣に、ぎこちなく腰を下ろした。同じようにテオの前にも木製のカップで飲み物を出してくれる。エルシーには小さなカップでクライドには大きなカップだ。手の大きさに合わせて出されたらしい。もちろんテオの前にもちょうどよい大きさのカップが置かれた。

　湯気の立ち上るそれから、ハーブのいい香りがする。手に取って口に運び湯気を吸い込むと、爽《さわ》やかな香りが鼻腔《びこう》を駆け抜けていく。

「おいしい……」

「お口に合いましたか？」

　向かい側に座った長老が目を細めてうれしそうに聞いてくる。パッと顔を上げたテオは素直に「はい」と答え、もうひと口飲んだ。

「それで、こちらのお客人は、森の外の方とお見受けいたしますが、クライド様のご友人でございますか？」

「いや、私もさっき知り合ったばかりだ。エルシーの怪我を治癒したと聞いて、なにか礼をしようと思ってな」

「なんと、治癒の力をお持ちなのですか？」

糸のように細い長老の目が大きく見開き、その視線がテオに止まる。ハーブティーがおいしくて夢中になって飲んでいたので、突然、目が合って焦ってしまった。

「あ、はい……。物心ついた頃から、外傷を治癒する力があった。僕以外の人間は、みな普通だが……僕だけが変なのだ」

「変？　どうして？　テオはとても素敵な力を持っていると思うの。私の怪我を治してくれたでしょう？　それが変だって言うなら、ラストアだって変だわ。不気味な魔術を……んぐっ！」

ペラペラとよく回るエルシーの口を、隣に座るクライドの大きな手が押さえた。

「んーっ！　んんーっ！　んん、んんっー！」

「エルシー、お前は少し黙っていろ。話がややこしくなる」

大きな手から必死に逃れようと、エルシーがもがいていた。ほどなくして手が離されると、エルシーの小さな手がクライドの太股を叩《たた》き抗議し始める。

「クライド様の意地悪ーっ！」

すねたエルシーはふわりと飛び上がり、開いた窓の方へ飛んでいく。縁に一度下りてテオの方を振り返った。

「テオは、変なんかじゃないわ。絶対に変じゃないもん！」

まるで捨て台詞《ぜりふ》のようにそう言い残して、部屋の窓から飛び立ってしまった。一同は呆気にとられてしまったが、長老の大笑いに空気が和む。

「エルシーは相変わらずですな、クライド様」

「まぁ、仕方がない。それでテオ、そなたに礼をしたいと思うが、なにか希望はあるか？」

両手でカップを持ってハーブティーをのんきに楽しんでいたので、エルシーの話から自分に話の矛先が飛んできて驚いた。

「えっ、えっと……よければ、しばらく、ここに置いてはもらえないだろうか」

テオの要望に長老もクライドもただ無言でこっちを見つめている。変な沈黙に少し動揺してしまう。

「ここに居たい？　そなたは森の外に住んでいるのであろう？　父や母、家族がいるのではないのか？」

「……父上と兄上は存命だ。だがあそこには戻りたくないのだ。もう帰りたくない……」

唇を噛みしめて俯《うつむ》いた。二獣人の視線が刺さるのが分かる。変なことを言う人間だと思われているのだろう。

(きっと、だめだと言われるのだろうな。この場所で僕は異質だ。ここに連れてきてもらえただけでも、おそらくかなり特別なのだ)

隣に座るクライドがハーブティーを飲む。器用に口へ運んでいて、思わずその様子を観察してしまう。

(舌で舐めるのではないのか)

テオの裏庭にやってくる動物は、水を飲むときさらに顔を近づけて舌で掬い取るように舐める。クライドもそうなのかと思いきや、目の前に座る長老もテオと同じように口をつけて飲んでいた。

「どうして帰りたくないんだ?」

「どうして、って……」

会ったばかりで全部を打ち明けるのは難しい。押し黙ったテオに、助け船を出したのは長老だった。

「クライド様、お客人にも言えぬこともありましょう。悪い人間には見えませんし、一時的に、であればよいのではないですか？」

「うむ……。そなたの衣服もかなり酷い状態だしな。そのまま帰すわけにもいくまい」

クライドがテオの服に視線を移す。まじまじと見られて恥ずかしくなった。森の中で服を枝に引っかけあちこち破れているし、何度も転んで泥がついている。

「ずっとそなたを置くには、まだいろいろと問題が残っている。ジェスターの中心部に入るのは許可できない。それは理解してくれ」

クライドの言葉を聞いてあからさまに肩先を落とした。またあの森を彷徨《さまよ》うのかと思うと気が遠くなる。この樹海で消えたいと思っていたはずなのに、いつの間にかただつらい現実から逃げたいと思っているだけのような気がしてきた。

「ならばあの場所はどうですか？　シークレットガーデンなら……」

「ああ、そうだな。あの場所ならば外部との接触は制限できるな」

長老とクライドがよく分からない話をしている。しかしテオはここを出て森を歩くことばかりを考えていた。自分で逃げてそう選んだくせに、結局は甘えているのだろうかと、自分が分からなくなっていた。

「よし、シークレットガーデンへ行くぞ」

クライドの声がテオには届いていなくて、ボンヤリと床を見つめたままだった。感情が彷徨い、自分で自分が分からなくなっている。どうしようもない気持ちが、目の中でじわじわと涙になって表れた。

「おい、テオ」

腕を掴まれてビクッと大げさなほど驚いて、涙目でクライドを見上げた。テオの顔を見たクライドも驚いて目を見開き、お互いにフリーズする。

「お前が、入っていい場所に案内する」

「……っ！」

泣きそうになっているのを我慢して、唇を噛みしめたテオは小さく頷いて下を向く。そのときクライドがどんな顔で見つめていたのか、テオには知るよしもなかった。

クライドに案内された場所は、森の家があるガリエン地区からすぐの場所だ。

森を抜けると急に開けた場所に出た。辺りは山々に囲まれ空は青く明るい。太陽が東に見えて、もうそんなに時間が経ったのかとテオは思った。

辺りには木々が茂っているが、さっきまで歩いていた森のように密集していない。視線の百メートルほど先に小さな小屋のようなものが見えた。その小屋まで続く道は踏み固められており、テオとクライドが横に並んで歩いても余裕のある幅だ。道の両側には膝下ほどの高さの、白い木組みの柵《さく》が小屋まで続いている。

「このガーデンは許可を得た者しか入れない。ここから外に出るには、今通ってきた道を使う。それ以外からは外に出られないようになっている」

クライドが立ち止まり、今来た道を振り返った。テオも同じようにそちらを見ると、ガリエン地区に続く森の入り口がぽっかり口を開けている。

「分かったか？」

「……ああ。ありがとう」

二人で小屋の前までやってきた。漆喰《しっくい》の壁と木で組まれた小屋は、屋根が合わさった棟の先端がグッと前に突き出している。その先端は下に向かってカーブしており、そこにランプがかけられるようになっているようだった。初めて見る建物の形に興味を奪われていると、クライドが先に立って小さな扉を開ける。

「こっちだ」

呼ばれて中へ入る。小さなテーブルと椅子が二つ。そしてベッドがひとつあり、その横に小さな戸棚が見えた。窓は壁の両側に向かい合うようについている。サイズ的にはクライドが使うには少し小さいだろうか。

「ここならいつ来てもいい。そなたはなにかから逃げたいと思っているのだろう？」

サイズ的に合わない椅子を引き、クライドは器用に腰を下ろした。テオも丸テーブルの反対側にある同じ形の椅子を引いて座る。

「その理由を話してくれないか」

「……………」

薄汚れた夜着をぎゅっと握りしめたテオは迷う。くだらないと笑われるかもしれない。俯いていた顔をゆっくりと上げ、真っ直ぐに見つめる金色の瞳を見て、ここを使ってもいいと言ってくれた心やさしいクライドに応《こた》えようと思った。

「この、力のせいで……僕は小さい頃から戦場に連れていかれた。そこで戦が終わるまで、血にまみれながらずっと兵士の傷を治癒し続けた……。本当は嫌だった。血を見るのも誰かを、助けられないのも――」

あの地獄をずっと歩き続けるくらいなら、消えてしまった方がいい、そう思って樹海に足を踏み入れたこと。この治癒の力が地獄を作ったと思う、とクライドに全てを話した。

黙って聞いていたクライドが胸の前で太い腕を組んだ。

「それで逃げたいのか」

「…………」

「だが逃げるだけでは、その地獄は終わらないのではないか？」

「え？」

「その戦をしているのはそなたの父であろう？　父が戦死するか、病死するか、死が来るのをただ待つのか。それが叶わないから、そなたは逃げてその身をこのバラシアに委ねるのか？」

自分からなにも行動を起こさず身を滅ぼし、それで天国へ行こうなどとよく言えたものだ、と泣きそうなほどやさしい声で叱咤される。

テオはなにも言い返せなかった。クライドの問いかけは確信を突いている。本気で父に反抗していなかったのだろうかと、そんな疑念が頭を過った。

何度か戦場には行きたくない、と訴えた。しかしそのたびに、治癒の力が必要だと諭されて父に言いくるめられた。もしも本気で訴えたならなにかが変わったのだろうか。本気で心から父に訴えたのだろうかと考える。

「僕は、もう――自分がどうしたらよいのか、分からない……」

「しばらくここで考えればいい。逃げたくなるときもある。私はそれを間違っているとは思わない。だが、最後は自分で結論を出せ。逃げないで最後には、テオが自ら決めるんだ」

いいな？　と念を押されて、テオは小さく頷いた。この場所で心が元気になるまでは何度でも来てもいいと許可をもらった。たったそれだけで重苦しくなにかがのしかかっていた心が軽くなる。とても不思議な感覚だった。

兄やライドにもいろいろと励ますような言葉をもらったりした。だが今のように心が軽くなったのは初めてだ。

(不思議だ……なぜだろう。この感覚、昔にも感じたような気がする)

それを思い出していると、立ち上がったクライドが戸棚から洋服を取り出し、テオの前にそっと置いてきた。

「あ、あの……」

「その服はもうだめだ。着替えろ。そのサイズなら合うだろう」

「すまない。クライド」

やさしさが胸に染みる。今着ている夜着を脱いで、クライドから借りた服を着ようとして困った。着方がいまひとつ分からないのだ。着るのに難しいものではないのだろうが、いつも全てをライドに任せっきりだったので、自分で着るのはもたもたしてしまう。

「なにをしている?」

「えっと……これは、こっちが前なのか?」

クライドから渡された衣服を広げては回し、腕を入れては抜き、下着一枚で悪戦苦闘していた。呆れたような驚いたような声でクライドに問われ、思わず苦笑いしてしまう。

「服を着たことがないわけじゃないだろう？　なぜ分からない」

「いつもは、ライドが身の回りの世話をしてくれるのだ。だからその、よく分からぬ」

「なんと……。そなたはまず、自分で自分の始末をつけられるようになれ」

そう言いつつも、クライドが大きな手で洋服を持ち、尖った爪《つめ》の先で抓んで広げる。ここが頭でここが腕だ、と丁寧に教えてくれた。

「申し訳ない。それから……えっと、ありがとう」

綿でできたオフホワイトのチュニックと、ブラウンのズボン。そして膝丈のブーツまである。腰で縛る布紐は黒で、上手く巻けなくて苦戦してしまう。

「あれ……これはどう縛るのだ？」

「お前は本当に……」

目の前でクライドが手を額に当てて頭を抱えている。こんな簡単な作業すらできない自分が恥ずかしくて、ぶわっと頬が熱くなった。

「貸してみろ」

爪の先で布を摑んだかと思うと、テオの腰にしゅるしゅると巻いて端を器用に隙間に捻《ね》じ込んで締めてくれた。太くて大きい手と尖った爪をしているのに、クライドの手先の巧みさに驚いてしまう。

「……すごい」

「なにがだ」

「この太い指で、すごく繊細に巻くのだなと思って。驚いた……」

テオが恐る恐るクライドの指先に触れる。ピクンと反応したクライドだったが、手を引かずに触らせてくれた。

「すごいな。僕の手とこんなに違うのか」

クライドの手に自分の手の平を合わせる。倍以上も違う大きさの手に驚き、自由に触らせてくれるクライドにうれしくなった。

「ああ……私は人ではないからな」

だがスッと手を引かれて少し寂しくなる。着替え終わったテオは窓の近くへ歩いていく。外を見ると先ほど歩いてきた道が見える。その両側は殺風景な土と雑草が覆っていた。あの場所に城の裏庭のような薔薇があれば華やかになるのにと思う。

「人がこの場所へ来るには通行証が必要になる」

「え？　通行証？」

「そうだ。それを私がそなたに授ける」

クライドがテオと向かい合うようにして立った。なにが始まるのだろうと思っていると、あの器用な指先がテオの顎にかかり、くいっと上を向かせてくる。

真正面からクライドの目を見上げた。金色の瞳はブラーヴを思わせる。懐かしい気持ちが胸に広がり、同時に姿を消したブラーヴへの寂しさも蘇った。

「これは、血の通行証だ」

左手の真ん中を爪で引っ掻いたクライドは、そこから流れ出した血を右人差し指の爪先につけた。その爪先でテオの丸く白い額になにか文字を書く。クライドの血が触れた部分が微かに熱くそしてピリリと痛かった。

「これがここへ入るための通行証になる」

しかししばらくすると額からしゅわしゅわと湯気が上がり、どうやら額の血が急速に蒸発しているようだった。

「わ……これは、どうなっているのだ？」

額に触ろうとすると、まだだめだ、と手を摑まれる。左の手の平から血が出ているのを見て、テオはそれを治癒しようと手を伸ばした。

「だめだっ！」

慌てたクライドが左手をテオから遠ざける。肩を押された弾みでよろけたテオは、そのまま床に尻餅をついてしまった。驚いてクライドを見上げると、腰に巻いていた布を外しそれを傷ついた手に巻いている。

「すまない。私の血に触れてはならぬ」

「え、どうしてだ？　血には慣れている。慣れたくないが、慣れてしまったし。傷ならすぐに治せるから、大丈夫だ」

立ち上がったテオはクライドに向かって手を出した。しかし渋い顔になったクライドが傷のある左手を強く握りしめ触らせまいとしているようだ。

「私の血に触れてはならぬ」

「それは……クライドの血に特別な力があるからなのか？」

テオの問いかけにクライドが目を見開く。どうして知っているのだ、と言わんばかりの顔だ。瞳に苦悩を滲ませている。そんな顔を見るのはあまり気持ちのいいものではなかった。けれどテオも本当のところは知りたい。

クライドが窓の外に視線を移し、静かに口を開く。

「そうだ――。私の血には特別な力がある。だから触れてはだめなのだ。その情報をどこで耳に入れたのかは知らぬが、知っているなら分かるだろう」

「その血があれば……僕は――」

「もう私の血についてはなにも言うな、聞くな。分かったか」

有無を言わせぬように念を押したクライドは、そのまま小屋の扉に向かって歩いていく。

「あの、もう、行ってしまうのか？」

僅かに後ろを振り返ったクライドがテオを見据える。怒っているような悲しんでいるような複雑な目の色をしていた。ドキッとして、テオは息を飲んだ。

「帰りは、来た道を戻ればいい。木がよけてくれる」

そう言い残したクライドが小屋から出ていった。急に取り残された気がしてしまう。呆気にとられて椅子にそっと腰かけた。

「もっとクライドの血について、聞こうとしたのだが……」

血の秘密はやはり本当だったのだと確信した。もしもクライドに頼んだら血を分けてもらえるだろうか、と物知らずなテオはそう考える。

好きなときに帰っていいと言われたとき、頭に浮かんだのは城だった。やはり自分の帰る場所はあそこしかないのかと思い知る。消えてしまいたいと思って飛び出てきたが、今はその気持ちが少し薄れていた。かといって憂鬱が消えたわけではないのだが、このシークレットガーデンに来てから心が妙に軽くなっていた。

立ち上がったテオは小屋の外に出た。そこにクライドの姿はない。白い柵の向こうが殺風景で寂しく、やはりそこに薔薇を植えたいと思っていた。

テオが城に戻ると、城の中は大騒ぎになっていた。樹海の中から見慣れない姿で帰ってきたのを、一番初めに見つけたのはライドだった。

——殿下！　テオハルト殿下！

真っ青な顔のライドが駆け寄ってくると、目の前で蹲《うずくま》って大泣きされた。心配をさせて申し訳ない、と謝っても、ライドは子供のように泣き、自分の愚行の罪深さを知った。

そして今は兄に中庭へ連れてこられ、ぎこちない空気の中で向かい合っている。お互いの手には木製剣が握られていて、有無を言わさずに鍛錬に駆り出されていた。

「テオ、剣を構えろ」

ヘクターの冷たく威圧するような声が飛んできた。ビクッと肩が震える。

裏庭でライドがテオの足元で泣いているのを見つけたのはヘクターで、なにがあってどうしたのか、問い詰める間もなくこの場所に連れてこられた。

見慣れない服装をしていることさえも聞いてこない兄に、不気味さすら感じながら中庭に立っている。

言われるがまま木製剣を構えると、同じように兄も両手で剣を握り、構えのポーズに入った。

「なぜ樹海へ入った？」

「それは……」

言い淀《よど》んでヘクターから視線を逸らす。それが合図のように勢いよく踏み込んできた兄が、テオの剣にひと太刀《たち》浴びせてきた。カーン、と小気味よい木のぶつかる音が響き、同時にテオの両手を痛いほどの痺《しび》れが襲う。

「うわっ！」

兄はすぐにテオとの間合いを取って後ろへ下がり、剣先をゆらゆらと動かす。

「もう一度聞く。なぜ樹海へ入った？」

今度は兄から目を逸らさなかった。だが答えなかったため、もうひと太刀を浴びる。あまりの衝撃にテオは片目を閉じ顔を歪めた。次に同じ強さの太刀を食らえば、尻餅をつくか、剣を握っていられる自信はなかった。

「私や城の者がどれほど心配したのか、お前は分かっているのか？」

「心配……したのですか」

驚きの表情で兄を見つめる。まさか兄の口から心配などという言葉が出てくるとは思わなかった。嫌われてはいないと知ってはいたが、そこまで心配されるとは驚いてしまう。

そんなテオの顔が気に入らなかったのか、有無を言わさず打ち込んでくる。

「うっ、あっ！」

カーンと木製剣が鳴りテオの手からそれが飛び出すと、空中でくるくると回転する。遥か遠くまで弾《はじ》き飛ばされて、テオは右手首を押さえてその場に座り込んだ。

「……っぅ！」

顔を歪めて蹲ると、視界に兄の足先が見えて顔を上げる。怒りに満ちた瞳でテオを見下ろし、今にも殴られるのではないかと思うほどだった。それが怖くてテオは俯く。

「心配するに決まっているだろう。お前は、リカドール王の子だ。そして私の弟であり、リカドールの王子でもあるのだぞ」

目の前で兄が膝をついてテオの場所まで下りてきた。涙目でヘクターを見れば、さっきまでの怒りが消えている。じんじんと痛む手首を、ヘクターがやさしく取り上げた。

「兄上……」

「私を一人にする気なのか。たった二人きりの兄弟だろう？　お前は自分の力を嫌っているようだが、私はお前がいるから最前線で戦えるのだ」

「え……」

「気づいていなかったのか？　お前があの場所で私を支えている。過酷な持ち場だと私も分かっているが、お前を大切に思っているのだぞ」

　信じられない言葉だった。未だかつて、兄にこんな言葉をもらったことはない。やさしい態度も言葉も、覚えているのは初陣のときとテントで敵の兵士から守ってくれた二回だけだろうか。

「なにを泣くことがある」

　兄にそう言われ、テオは自分が泣いているのに初めて気づいた。左手で頬に触れると濡れている。ヘクターがテオの頬を流れる涙を拭《ふ》いてくれた。そんなふうにされれば、涙が止まるどころか歯止めがきかなくなってしまうのに。

「兄上……、ううっ、ふ、うっ、うぅっ……」

　仕方のないやつだ、と兄がテオの体を抱き寄せてきた。

　テオが治癒の力を嫌っていると兄は知っていたはずだ。だがそれを必要だと言ってもらえたのは、テオにとってとても大きい。

　今までの苦痛が一気に解放され、テオの体が軽くなっていく。まるで背中に大きな羽が生えたような感覚だった。

第四章　シークレットガーデン

心配をかけた兄に、樹海へ入った理由を正直に言えなかった。獣人が住んでいて、獣人王がいて、その獣人王の血に特別な力があると言えば、きっとその話は父の耳に入るだろう。そうしたら父は獣人の住むあの場所を、侵略するかもしれない。

（あの場所、薔薇《ばら》でいっぱいにしたら、きっとすごく素敵になるだろう）

裏庭で美しい薔薇の花を眺めていた。持っていきたいのはやまやまだが育て方が分からない。

「ヴァンスに聞いてみよう」

薔薇を眺めながらゆっくりと歩く。するとその先で梯子《はしご》を立てて上の方の薔薇の手入れをしているヴァンスの姿が見えた。

「おや殿下、おはようございます。今日もいいお天気ですね。朝日が気持ちいい」

「おはよう、ヴァンス。いい日だね。少し聞きたいのだが、よいか？」

テオは薔薇を他の場所へ移植するにはどうしたらいいのかと尋ねた。驚いたヴァンスが手に持っていた剪定鋏《せんていばさみ》を開いたままフリーズしている。そんな様子を見上げてテオもまた固まった。

「えっと……どちらかに薔薇を植えたいのでございますか？　でしたら、場所をお教えください。私が……」

「いや、僕が自分の手で植えたいのだ。やり方を教えて欲しい」

テオの言葉に梯子を下りてきたヴァンスがまた固まった。今度は笑顔のまま視線だけが泳いでいる。

（あれ？　僕の言ってる意味、ちゃんと伝わっているのか？）

小首を傾《かし》げたテオを見て、ヴァンスが手に持っていた剪定鋏をゆっくり腰袋に収納した。

「殿下が自ら薔薇をお育てになりたいと、そうおっしゃってますか？」

「そうだ」

ヴァンスは戸惑っているようだったが、テオはここの薔薇をあのシークレットガーデンで育てたいと思っている。だからなんとしても教えてもらいたい。

「分かりました。殿下がそうおっしゃるのなら、仕方ないですな」

「ありがとう、ヴァンス」

「いえいえ、ですが、そう綺麗《きれい》な仕事ではございませんので、今のお召しものでは少々難があります」

人のよさそうな顔がにっこり微笑《ほほえ》んで、テオの着ている服を見てそう言った。確かに土を触るのだから着ているものは汚れるだろう。

「そうか。ならば汚れてもよいものに替えてくる。ここで待っていてくれ」

テオはそう言い残して、ヴァンスの返事も聞かずに自分の部屋へ駆け戻った。そうしてテオはヴァンスから薔薇の育て方を教わることとなった。

少し前までは魂が抜けたような、生きる気力がなくなっていたテオだったが、こうして薔薇の世話をしながら元気を取り戻していく。

飲み込みが早いテオは、苗の植え替えなどもすぐに覚えてしまった。ヴァンスが庭師を首になってしまいそうだと冗談でそんなふうに言うほどだ。

今日は新しく植えようと思っている苗を見せてもらった。少し多めに仕入れたという苗は、城の裏にある倉庫にたくさん並んでいた。いろいろな薔薇の種類を教えてもらったし、その種類によって育て方が違うと教わった。

そうして数日が過ぎたある日、テオは麻袋に薔薇の苗を入れられるだけ入れ、腰袋に必要な道具を詰め込んだ。そして夜の樹海に足を踏み入れる。シークレットガーデンまでの道のりは覚えていない。だが森に入ってしばらく進むと、足元の草や木々がぐにゃりと曲がり、テオの前に道ができた。

（うわぁ……すごい。これはクライドの血の力なのか？）

テオがその道を進み始めると、行く方向を示すように木々がよけていく。面白くなって歩いていくと、急に明るい場所に出た。

「え……、なぜ？」

そこはあの殺風景なシークレットガーデンだ。後ろを振り返ると、さっきまであったテオの道はなくなっていて、薄暗い森が広がっているだけだ。クライドの言った通行証とはこれだったらしい。

（すごい……。魔法のようだ）

小屋までの道を歩いていると、その小屋の扉が開いてクライドが姿を見せた。

「あっ、クライド」

「そなたが森に入ったのが分かった。だから、ここで待っていた」

森に入るだけでそこまで分かるのか、と額に書かれた文字を手で触る。そこにはもうなにもないし、湯浴みをして何度も洗い流した。それなのに効力があるなんて、やはり魔法としか考えられなかった。

「そうなのか。森に入ると、勝手に木や草がよけていくんだ。驚いたよ。それにここまで来るのにすごく近かった。もっと遠いのかと思っていたのだが」

クライドを見上げてにっこり微笑めば、ふと彼の表情がやさしくなる。まだ二度しか会っていないのに、どうしてかクライドの表情の変化が分かる。

「それが通行証の力だ。それにこの場所はいろいろな空間の狭間《はざま》にある。ここはシークレットガーデンと呼ばれているが、ときにはビトウィーンガーデンとも呼ばれているのだ。そしてこの場所の天候や気温は私が操作できる」

胸の前で腕を組んでいたクライドが、太陽のある方に向かって手を上げた。すると徐々に日が傾き夕方になる。辺りがオレンジ色の光に照らされて、赤や紫の美しいコントラストに染められた。

「うわぁっ……すごい。やはり魔法なのだな」

「まぁ、ある意味そうだ。間違っていない」

これが本当に現実なのかと驚き、テオの気持ちは高揚する。クライドを見上げると、真っ白な鬣《たてがみ》も夕日に染められて、不思議な赤色になっていた。手にしていた麻袋を足元に置き、クライドの鬣に手を伸ばす。

「すごく……ふわふわだな」

指先に触れた感触は、ブラーヴの体毛を触っているような感じだった。クライドが振り返ると、急に照れくさくなって手を引っ込める。

「しばらく見ない間に、少し元気になったか？」

クライドに些細《ささい》な変化を見抜かれ、きょとんとした顔で彼を見上げた。僅《わず》かに口元を微笑ませた彼が、やさしい眼差《まなざ》しでテオを見てくる。そして大きな手が頭の上に乗せられた。妙なドキドキが胸の奥から湧《わ》き上がってくる。それがどういう類《たぐ》いのものか分からず、テオは思わずクライドから視線を逸《そ》らせた。

「ところで、それはなんだ？」

「あ、これは、ここのガーデンに薔薇を植えたいと思って持ってきたのだ。これだと少しもの寂しいだろう？」

麻袋の中から薔薇の苗を取り出した。この植え方を庭師のヴァンスから教えてもらったと言いながら苗を見せる。しかし、よく考えたらこのガーデンに来てもいいとは言われたが、薔薇を植えていいとは言われていない。

「もしかしてそういうのは、してはだめだったか……？」

「いや、ここを花で飾ろうと思ったことはなかったな。別に問題はない。ここが美しくなるのは、他のみなも喜ぶだろう。テオがそうしたいなら、好きにして構わない」

ふいっとクライドが視線を外し、微妙に視線が泳いだ。なんだろう、と彼を見上げていると、再び目が合った。

「それに、触られるのも嫌ではない」

「そうか。よかった」

テオはもう一度、クライドに向かって手を伸ばす。さっきは横からこっそり触ったが、今度は真正面から触らせてくれた。やはりふわふわで気持ちがいい。するとクライドの手がテオの頭の上へまた乗せられる。

「そなたの髪も、私の色に似ているな」

「本当は真っ黒だったのだ。目の色も黒かったし、肌は今ほど白くなかった」

「そうか」

大きな手がテオの頭を撫《な》でる。それが気持ちよくてうれしくて、ずっとそうしていて欲しいと思ってしまう。

「治癒の力を使い続けたら、いつの間にか白くなっていた。このままこの力を使い続けたら真っ白になって灰になるのかもしれないな」

「…………」

冗談交じりでそう言いながら微笑むが、クライドの顔は苦渋が滲《にじ》んでいる。嘘《うそ》でも自虐が過ぎたかも、と少し反省した。

「だが平気だ。今は……前ほどそう思わなくなった。父上がしばらく戦をしないと分かっているからかもしれない」

あはは、と乾いた笑いを漏らすと、クライドの手が頭から離れていく。寂しさを覚えつつも、足元に置いた麻袋を持ち上げる。

「薔薇を植えるための道具も持ってきたから、今から始めてもいいだろうか」

「ああ、構わない。私も手伝おう」

「えっ、クライドは王なのだろう？　王がそんなことをしてよいのか？」

「私がやりたいのだから、それでいい」

ぶっきらぼうな言い方だったが、その声音にはなんとなく照れくささも混じっているようだった。二人でどこにどんな薔薇を植えるかを話していると、夕焼けだった光が明るくなる。太陽は真上にきていた。

「明るい方が作業をしやすいだろう。だがあまり長居はしない方がいい。そなたの姿がないと森の外の人間も心配するだろう」

クライドの心遣いにうれしくなる。そしてテオが思い出したのは、この間の兄の言葉だった。獣人たちに出会ってからいろいろなことが急速に変わっている気がする。一番変化しているのはテオの心だろう。

「ありがとう。遅くならないようにする。クライドは、やさしいのだな」

テオはじんわりと胸に染みるようなやさしさに癒《い》やされる。クライドがテオにどんな視線を注いでいるかなど想像もせず、手元の薔薇の苗を見つめていた。

そしてふと気づく。この苗を植える前に、土を作らなければいけない。城の庭はヴァンスが常に気を配って薔薇を育てているのだから当然のように花壇は手入れされている。だがここは雑草が生えて荒れ放題なのをすっかり失念していた。

「……植える前に草を抜かなくてはだめだな」

急いで苗を持ってきて失敗した、とテオが呟《つぶや》けば、それに反応したクライドが、雑草か、と察してくれる。

「雑草を土に変えるならラストアだ」

クライドがそう言って、空に向かってガァウ……とひと鳴きした。腹の底が震えるような低く響く声に、テオは思わずビクッと体を揺らす。しばらくして森の奥からなにかがやってくる気配があり、思わずそちらを振り返る。

「大丈夫だ。ラストアを呼んだ」

「え？」

今のひと声で？　と思っていると、微《かす》かに地面を蹴《け》る音とともに獣人が姿を見せた。ピンと立った大きな耳と、真っ白な体毛の細身の獣人だった。

テオと同じくらいの身長で、鋭く吊《つ》り上がった目尻《めじり》とその瞳《ひとみ》は青い。胸元はふわふわの体毛がクラヴァットのように見える。二本足で立って歩いているその背後には、体毛と同じ色のふさふさの尻尾《しっぽ》が揺れていた。

クライドと同じように服を身につけていて、片目を覆うように黒い眼帯をつけている。

(狐《きつね》……なのか？)

傍《そば》までやってきた獣人が、クライドの前で軽く膝《ひざ》を落として頭を下げた。

「クライド様、お呼びですか？　あれ……この人間はなんです？」

「話せば長い。今、このシークレットガーデンに薔薇を植えようと思っている。それでこの草をなんとかしたいんだ。ラストアにならできるだろう？」

「確かに私なら可能ですが、その……」

話せば長いその話の内容を聞かせて欲しい、とそんな雰囲気を醸し出していた。胸の前で手を揉《も》みながら、チラチラとテオに視線を投げてくる。

威圧してその場を収めるのかと思いきや、クライドは少し逡巡《しゅんじゅん》したのち、テオの詳細について説明し始めた。

「な、なんですと……治癒の力が？」

驚いたラストアがテオの方をまじまじと観察する。医術に関して知識があり、多少の魔術も操るらしく、そのためテオの治癒に関して興味津々らしい。

「その、どんなふうに治癒されるのでしょうか？　よければお見せくださいませんか？」

細く鋭い瞳が興味に見開いてらんらんと輝き始め、じりじりとテオに近づいてくる。

「えっ、あのっ、そう急に……言われてもっ」

「こらラストア、お前がそうなるから言いたくなかったのだ。それ以上テオに近づくな」

クライドがまるでテオを守るかのように、ラストアとの間に体を割り込ませてきた。

「そんな、クライド様～。少しだけでいいのですよ～」

「ほほう、そこまで言うのなら、私がお前の腕に噛《か》みついて、その傷でも治してもらうか？」

冗談なのか本気なのか分からないが、クライドがそんな提案をする。それを聞いたラストアが足元から頭の先までの毛をぞわぞわっと震わせ、細い目を大きく見開いて一歩下がった。

「じょ、冗談ですよ、クライド様。それより、ここ一帯を花が植えられるよう整地すればよろしいのですよね？」

ラストアが明らかに苦笑いを浮かべているのがテオにも分かった。二獣人のやりとりがおかしくて、笑っては失礼だと思いつつ吹き出してしまう。

「そうだ。ここ一帯に薔薇を植えたい。できるか」

「できますとも。私にかかればこんなもの……」

ラストアが手の平を上に向け、人差し指を立てた。喉《のど》の奥で唸《うな》り声のような声を発するとみるみるうちに草が土に変わっていく。テオはその光景を呆気《あっけ》にとられて眺めていた。草で覆われていた部分の大半が土に変わる。しかも花壇として使えるようにふわふわしているのだ。

「え……な、なんだ、これ、どう、なっ……？」

驚きのあまりテオは言葉にならなかった。あの森でエルシーに出会ってからというもの、信じがたい出来事ばかりである。テオはラストアの技を呆然《ぼうぜん》としながら眺めた。

「そう驚くな。ラストアにはこのくらい朝飯前だ」

隣に立っているクライドが自慢げに言う。ラストアは反対側の草原も全《すべ》て土に変えるために移動し、さっきと同じように呪文《じゅもん》のような声を上げながら変化させていく。

ヴァンスの言っていたように、草を抜いて土を掘り起こして肥料を混ぜて、花が育つ環境も時間をかけて作るつもりだった。だがそれが一瞬のうちに完了している。

「クライド様、これでよろしいですか？」

指定した場所を土に変え終わったラストアが戻ってくる。王からの了承を得たいのか、ラストアがクライドを見上げていた。だがそのクライドの視線はテオの方へ向けられる。するとラストアも同じように目線をテオに移す。

「これでいいか？　テオ」

「あ、ああ！　あの……えっと、多分、これで大丈夫だ」

クライドとラストアを交互に見ながら答えると、触って確認してくれ、と言われてしまった。テオは柵《さく》の近くにしゃがみ隙間《すきま》から手を入れる。手に触れた土は信じられないほどふかふかだ。

「うわ……すごい。これは、本当にすごい。裏庭の花壇と比べても遜色《そんしょく》がない」

振り返って立ち上がり興奮気味にそう伝えると、鼻先に生えている髭《ひげ》をピーンと伸ばし、ラストアが自慢げな顔をする。

「このくらいの仕事でしたら、私には造作もないことですよ。他にもいろいろとできますよ。たとえば……」

「ラストア、そなたはもうよい」

クライドが大きな手でラストアの鼻先を押す。ぐえっと蛙《かえる》が潰《つぶ》れたような声が聞こえた。それも冗談なのだと思うが、クライドの大きな手だと本当に潰れたのではないかと心配になる。

「テオ、これで薔薇を植えられるか」

「ああ、大丈夫だ。これで綺麗な庭を造れる」

今はまだ茶色一面の場所を眺め、そこが色とりどりの薔薇で埋まるのを想像して口元を綻《ほころ》ばせる。しかしクライドの視線は花壇ができる場所であろう方向ではなく、それを見つめるテオを見ていたことには気づかなかった。

城からシークレットガーデンまでが思った以上に近いと分かり――そうしてくれたのはクライドだが――テオは時間を見つけてはガーデンに足を運んでいる。

以前の物憂げな顔をしていたテオはいなくなっていた。それは世話係のライドも兄も庭師のヴァンスも感じているはずだ。

(今日はこの薔薇の苗を持っていこう。確かヴァンスは赤い薔薇だと言っていたな)

薔薇の苗が置いてある小屋にこっそり入って、苗を選んでいた。あのガーデンにいくつ苗を持っていったか分からない。きっと苗の個数が合わなくて、ヴァンスも困っているだろうに、彼はなにも口にしない。

(僕が苗を持ち出しているのは、ヴァンスも気づいてるはずだが。おそらく内緒にしてくれているのだろうな)

申し訳ないなと思いつつも、テオは麻袋に二つ目の苗を入れる。今日はさらに腰にはポルポが入った袋を下げていた。昨日、厨房《ちゅうぼう》で作ってもらったものを取って置いたのだ。テオの好物なので、エルシーやクライドに食べて欲しいと思っている。

ウキウキしながらガーデンへ行く準備をしていると、背後で人の気配がしたのでハッとして振り向いた。

「近頃、城で姿を見ないと思えば、こんなところにいたのか？」

そこには普段は絶対に来ないであろう父が立っていた。テオは手に持っていた苗を落としたが、それを拾えず立ち尽くす。

「父上……」

「薔薇の苗など持ってどうするのだ？　まさか庭師にでもなるのか？」

「いえ……その、そうではありません」

埃《ほこり》っぽい小屋の中に入ってきた父が、辺りを見回しながら顔に嫌悪を浮かべる。肥料の臭《にお》いを吸わないように、肩にかけているマントで口を覆っていた。

「ならばなぜこんな場所にいる？　そのような格好でなにをしようとしているのだ」

テオはクライドから借りた獣人の服を着ていた。見た目は城下にいる町の人とあまり変わらない印象だ。ただ城の中では多少浮いて見える。それはテオが他の人間より見た目が特殊だからだ。白っぽい髪と瞳、そんな姿の町人などいない。

「あの、薔薇を……育てているのです。とても美しいので、僕もやってみたくて」

「薔薇？　そんなものは庭師の男にさせておけばいいだろう。お前は次の戦に備えて体力でもつけるべきだ。あとは剣の鍛錬も怠るな」

「で、でも……戦は、あまり好きでは、な、ないのです」

昔なら子供のわがままとして聞き入れてもらえなかっただろうが、大人になった今のテオの言葉なら少しは考えてくれるのではと思った。父の目を見て真正面からは言えなかったが、胸の奥に溜《た》まっていた気持ちの一部は言葉にできた。

心臓がぎゅっと摑《つか》まれるような緊張を覚えつつ、しばしの沈黙が恐怖を連れてくる。

「好きではない？」

「……はい」

「そんなことを口にするとは……私の息子ではないぞ。お前は私の言う通り、あのテントで治癒に専念すればよいのだ。好きだとか嫌いだとか、そのような問題ではない。あれがお前の使命で、生きる意味であろう？」

目の前に立った父がテオを見下ろした。戸口から差し込む光が父で遮られ、逆光になった黒い影に覆われたその姿は、戦の魔物のように見える。

両足が震えていた。父が恐ろしくて目も逸らせない。胸の辺りが苦しくなり息ができなくなっていく。小さく開いた口から息を吸うも、なにかが詰まったような感覚で苦しくなった。

「馬鹿なことを言わず、次の戦に備えるのだ。分かったな？」

父の声がまるで悪魔の声のように間延びして聞こえ、頭の中でぐわんぐわんと響いた。

テオの言葉などなにひとつ取り合わず、父はそう言い残して小屋から出ていった。

テオはドクンドクンと速くなる自分の鼓動に寒気を覚え、膝の力がガクンと抜けてその場に座り込んだ。両手で胸を押さえ必死に息を吸い込む。ひゅっと笛の音のようなものが聞こえ、どっと肺に空気が流れ込んできた。

「はっ……、ぁっ、うぐぅっ……」

胃が痙攣《けいれん》して捻《ねじ》れるような痛みに襲われると、テオはその場に嘔吐《おうと》していた。胃の中になにも入っていなかったので胃液しか出ない。軽くめまいを覚えながら、口を手の甲で拭《ぬぐ》い立ち上がる。

(行かなくては……今すぐ、あの場所に)

ふらふらしながら小屋を出ると、いつもとは違う場所から樹海の中へ入る。持っていこうと思っていた薔薇の苗はあの小屋に落としてきた。

森に入って数十メートル進むと、すぐに明るい光に照らされる。いつもなら平気なのに今日は白い光に目がくらみ、あっという間に視界が真っ暗になった。

どのくらい意識がなくなっていたのか、額にひんやりとしたものを感じ、テオの意識がゆっくりと浮上する。

「気がついたか？」

「あ……クライド？」

テオの額にクライドの肉球が触れている。とはいえ、大きな手なので、テオの小さな頭を包んでいるような状態ではあるが。

「ガーデンの出入り口で倒れているのを私が見つけた。具合はどうだ？」

「そう、なのか。ありがとうクライド」

テオは小屋の中にあるベッドの上で寝かされていた。見慣れない天井を見つめていたが、ゆっくりと体を起こす。クライドが背中を支えてくれて楽に起き上がれた。

「なにかあったのか？　ラストアに見てもらったが、多少生気が弱っているようだと言っていたが、他に病の影はないらしい」

「きっとこの病は、目で見えるものではないと思う」

「どういうことだ？」

全てを打ち明けてもいいのだろうか、とクライドのやさしい声音にまた甘えそうになる。聞いてもらいたいと思う気持ちが膨れ上がり、俯《うつむ》いていたテオは顔を上げた。そこにはやわらかな視線を送るクライドがいて、その目を見ると気持ちを抑えていられなくなった。

「僕は戦が嫌いで、この力も嫌いで、使いたくないのだ……。今日……父を心の底から嫌いになりそうだった。もう、あの場所に戻るのは、つらいのだ、もう……」

細切れに吐露するうちに、ぼろぼろと涙が頰《ほお》を流れ落ちた。まるで子供のようで恥ずかしいが、一度出た涙は止まらない。手の甲で手の平で、何度も拭う。しかし後から後からあふれる涙は、まるで心が泣いているようだった。

「戦場に行きたくない。この力で救える人と救えない人を選びたくないのだ。助けられない、死にゆく人の目を見るのも、助けを求める人の手を摑めないのも、もう嫌なのだ」

「テオ……」

「だから本当はあの日、本気で森に命を投げようと思っていた。消えてしまいたいと本気で思っていた。地獄を死ぬまで繰り返すなら、それでいいと……。だがそうしたら母上に会えないだろう。そう考えれば思い切れなかった……」

クライドの大きな手がテオの背中に当てられた。涙に濡《ぬ》れた睫《まつげ》を跳ね上げて見上げると、同じように悲しげな色をしたクライドの瞳が見下ろしていた。

「テオは、心が清くやさしい。そして心底、戦が嫌いなのだな」

ゆっくりと労《いたわ》るような力で抱きしめられる。そうされて初めて分かった。体がさみしがっていたのだと。父から与えられない愛に餓《う》えていたのだ。

「だが逃げているだけではなにも解決はしない。本当に守りたいものがあるならば、戦わなくてはいけないときもあるのだ」

命を投げて逃げるのは簡単だが、必ず後悔するときがくる。強くなって愛するものを守ってこそ、真の強さなのだとクライドが続けた。

「だからクライドは王なのだな」

「もしも国の者が傷つけられたのなら、私はこの身をもって戦い守り抜く。それが王だ」

他の獣人から慕われ、異種族のテオにやさしく接し、その強さで愛する者たちを守る。それがクライドで王なのだ。その強さの源はきっと愛なのだろう。テオの父にはないものだと思った。そして自分にそんな愛の強さがあるだろうかと考えた。父の言うがままに今まで生きてきた。城にいたくないからと、今もこのガーデンに逃げている。

(母上がこんな姿を見たら、悲しむだろうか)

母を思いながら、彼の温かさと甘い香りを吸い込む。心が落ち着き、テオの顔がクライドの鬣に埋まるのがたまらなく気持ちよかった。

（なんだこれは……顔が沈む）

もふもふした鬣はまるでテオを包むかのように受け入れてくれた。さっきまで泣きべそをかいていたのに、信じられないくらい癒やされてしまう。太く逞《たくま》しい腕が両側からテオを抱きしめてくると、その安心感で体の強《こわ》ばりが解けてクライドに体を預ける。

父の言葉で苦しくなった胸の痛みが消えていく。兄に抱きしめられたときもうれしかったし安心できた。だがこれとはなにかが違う。

「クライドはブラーヴに似ている」

ずっと言いたかった言葉を口にする。するとクライドの体が僅かに反応した。

（もしかしたらブラーヴは、この森の獣人だったかもしれぬな。同じ種族だったり……）

テオはゆっくりともふもふの鬣から顔を離す。クライドを見上げると鼻先がすぐに目の前だ。彼が匂《にお》いを嗅《か》ぐように鼻を動かしているので、テオは反射的にその鼻先へ唇を寄せた。

「…………！」

驚いたクライドが勢いよく体を引いた。テオもその急な動きにビクッとする。

「すまぬ……。ブラーヴにもよくしていたから、つい、思い出してしまった。嫌な思いをさせた」

「いや、構わぬ。少し……驚いただけだ」

そのくせクライドはテオから顔を逸らした。だが嫌そうな感じではないのでホッとする。

「ブラーヴは、この森から姿を見せた。もしかしたら獣人だったのかもしれない。まだ子供だったし人の言葉は話さなかった。しばらくの間、一緒にいたのだ」

あの頃、ブラーヴと過ごしたやさしい時間と、戦場で心が壊れていく苦痛の瞬間が交互に胸に迫る。は……と小さく息を吐き、テオは胸に手を当てた。

「大丈夫か？」

「ああ。楽しかったことだけを思い出したいのだが、あの頃の嫌な記憶まで蘇《よみがえ》ってくる。少し苦しい。だがブラーヴがいたから、あのときの僕は壊れなかったのだと思う。今でもブラーヴに会えるような気がしている」

「ブラーヴとやらを、好きだったのか？」

「すごく好きだった。友達以上に大切だった。心の支えで癒やしだった。大きくなって、兄や父にバレるかもしれなかったが、それでも……一緒にいてくれて感謝しているのだ」

勝手にブラーヴの話を始めたテオだったが、ブラーヴが人なのかなんなのかを説明していなかったと気づいた。

「ブラーヴは、クライドと同じ獅子《しし》だった。多分、男の子だ。大きくなってくると首の周りに鬣が伸びてきてたのだろうけど……」

そのうちに姿を見せなくなったのだ、と続けた。もしかしてクライドがブラーヴだったりする？　と聞きそうになったがやめておいた。獅子の寿命がどのくらいかは分からないが、クライドとは全く年齢が合わない。

「だから、ブラーヴが大きくなっていたらクライドのように立派な鬣を生やしていたのかなと思うと、少し懐かしくもある。もしかしたらクライドの身内だったのかもしれぬな」

「そうかも、しれないな」

クライドはいつもこうして話を聞いてくれる。テオを否定せず、気持ちを共感してくれるのだ。そのうちにこの国や獣人、そしてクライド自身を知りたくなった。

（聞いて答えてくれるかは分からないが、知りたい）

黙ってテオを見つめているクライドと視線を合わせる。少し迷ったが、クライドとの距離を縮めたくて口を開いた。

「僕に、クライドのことを教えてくれないだろうか」

彼の表情は変わらなかった。ただ美しい金色の瞳でテオを見つめている。少し間を置いて、だめだろうか、と付け加えた。

「私のなにを知りたい？　ジェスターの王で獣人だ。それ以外に、なにを知りたい」

「クライドは、王なのにどうして僕がここに来るといつも会ってくれるのだ？　クライドの他にどんな獣人がいる？　ラストアの魔法のようなものとか、僕の額に書いてくれた血の通行証とか、これらは一体なんなのだ？　それから――んぐっ」

「分かった、分かったからちょっと待て。落ち着け」

クライドに口を押さえられた。疑問を口にし始めたら止まらなくなり、まだあるのだが、と彼の手の中でもごもごと口を動かす。これではエルシーと変わらない。

少し焦ったようなクライドの顔が新鮮で、もう少し困らせたくなってくる。

「ここへ来るのは、私がそうしたいからだ。獣人は、いろいろな種類がいる。ただ全員に会わせるわけにはいかない」

ようやく手を離されて、ぷは、と息を吐いた。

「そうなのか？」

「そなたは異種族になる。私たちの国はこの森にあるが、普段は外部から人間は入れない。見ることもできないようになっている」

「え？　でも僕は、エルシーと会ったが」

「あの場所は結界に穴があったのだ。そこから出たエルシーがたまたまそなたと会ったままでのこと。通常、ジェスターは国全体が結界で覆われている。人には見えないし、結界を越えるのは無理だ」

「バラシア樹海に入った人は生きて出てこられないと聞いてたのだが、本当なのか？」

テオの知っている樹海の噂《うわさ》はいろいろとある。どれが本当なのか定かではないので、きっと偽りも混じっているだろう。

「出られなくはない。そなたのように結界の穴から入り出ていく人間もいるからな」

「迷い込んで獣人に出くわした場合はどうするのだ？　僕のように受け入れるのか？」

純粋な気持ちから聞いたのだが、それまですぐに答えてくれていたクライドが言葉を濁した。

（なにか答えにくい理由があるのだろうか。もしかしたらリカドールで聞かれる噂は本当なのか？）

クライドが口を噤《つぐ》んだ理由を、テオはグルグルと頭の中に巡らせた。

「あ！　テオ！　目が覚めたんだね！」

小屋の扉がバーンと大きな音を立てて全開し、エルシーが飛び込んできた。ものすごい勢いでベッドに座るテオの膝の上へ乗ってくる。

「すごく心配したのよっ。もう大丈夫？　一体なにがあったの？　クライド様となにを話していたの？　テオが持っていたこれはなに？」

矢継ぎ早に質問されてテオは目をぱちくりさせる。興奮気味に詰め寄ってくるエルシーは、鼻先をテオの鼻先に押しつけていた。

「エルシー、少し、近いな」

「や、やだっ！　ごめんなさいっ！　心配になってつい……」

「もう大丈夫だ。心配をかけてすまなかった」

エルシーが大慌てでテオから距離を取った。その隣でクライドが頭を抱えている。これはもういつものことで、エルシーが真っ直《す》ぐな心の持ち主でテオが好きでせっかちなのは理解している。かわいらしいところもあるが、テオは圧倒されてしまう。

「エルシー、そなたはもう少し落ち着け」

「落ち着いていますっ。今はテオが心配だったのですよ～」

耳の羽をバサッと広げて、胸の前で短くて小さな腕を組む。その仕草がかわいくて、テオは思わず笑ってしまった。

「それでテオ。この袋からいい匂いがするわ」

ベッドサイドのテーブルの上に、テオの私物が置いてあった。小さな袋の近くへ寄ったエルシーが、ポルポの入った布口の隙間に鼻を寄せている。鼻のいい獣人にはすぐにバレたらしい。

「これは僕の好物だ。クライドとエルシーに食べて欲しくて持ってきた。あ、他のみんなにも」

袋の口を開いてポルポを取り出した。ぱぁっとエルシーの瞳が輝き、小さな鼻がヒクヒクと動く。テオはポルポを一枚取り、エルシーに渡してやる。

「いいの？」

「ああ、ぜひ食べて欲しい。きっと気に入ると思う」

「ありがとう、テオ！」

クンクンと匂いを嗅いだエルシーが小さな口でカリカリと音を立てて食べ始めた。もう一枚をクライドに向かって渡すと、躊躇《ためら》いがちに受け取ってくれる。

「あまり甘くないから、食べられると思う」

「……ああ。ありがとう」

エルシーと同じように匂いを嗅ぐかと思ったら、ペロンと大きなひと口で食べてしまった。

（どうだろう、口に合っただろうか）

テオの隣でエルシーがおいしいおいしいと言いながら食べるものだから、毛布の上にぽろぽろとポルポの欠片《かけら》が落ちる。ゆっくり食べるのだよ、とその欠片を拾っていると呟きが聞こえた。

「……懐かしい味だ」

テオはそれを聞き逃さなかった。懐かしい、クライドは確かにそう言った。

（この菓子はジェスターにもあるのか？　裏庭の薔薇のエキスが入っているから、城でしか作ってないはず……）

やはりクライドはブラーヴなのかも、とそんな思いが再び浮かんでくる。過ぎた年月を思うと可能性は低いのに、クライドのひとことであり得ない可能性を信じたくなった。

「それにしても、見事なガーデンになったわよね。まさか小屋の屋根にも薔薇の蔓《つる》を這《は》わせるとは思わなかったわ。ラストアもなかなかやるわ」

ポルポを食べきって自分の手をペロペロ舐《な》めながらエルシーが話し始めた。

「ああ、あれはクライドの案だ。僕も気に入っている」

ガーデンに苗を植えたのはテオとクライドだったが、その成長を促したのはラストアだ。植えてすぐに花が咲くわけではないので、早く綺麗な花を見たいから、とラストアが術を使った。草を土に変えられるぐらいなので、花を咲かせるのはお手のものだったらしい。

「あれには驚いたけど、でも薔薇の世話をして自分の手で育てたかった。だから今日は新しい苗を持ってこようと……」

ここまで話し、テオは城の小屋で父と交わした会話を思い出した。言葉を詰まらせたテオを不思議に思ったエルシーが顔を覗《のぞ》き込んでくる。

「テオ？　どうしたの？」

「いや、なんでもない。苗を持ってこようと思ったのだが、忘れてきたようだ」

笑顔を浮かべると、クライドはなぜか険しい表情になった。どうしてそんな顔をするのだろうと思う。目の前でエルシーがテオの物忘れについてなにやら話しているが、クライドがチラリと見せた憂慮の表情が気がかりだった。

ガーデンが完成したのは、テオがいくつか苗を運び入れてしばらくしてからだ。ガーデンに入ってすぐの両サイドは白い薔薇、そこから小屋へ行くにつれて色の濃いものを植えた。グラデーションはとても美しく、手入れはテオが自分でしている。もちろんヴァンスに教えてもらったやり方だ。慣れない手つきだったが、なんとか懸命にやっている。

「クライド、僕はもう大丈夫だ。薔薇の手入れをしたいのだけどよいか？」

「ああ、私も手伝おう」

「じゃあ、私もやっちゃう！」

ベッドの上からふわりと飛び上がったエルシーが、小屋の扉を開けようと引っ張る。クライドがそれを助けるように扉を開き、みんなで外に出た。小屋の脇《わき》に置いてある腰袋をつけたテオは、ガーデンの薔薇を眺めて歩き始める。

「ラストアのおかげであっという間に完成したが、さすがに手入れまでは無理のようだな」

やんわりと微笑みながら小屋のすぐ脇にある赤い薔薇の前に立ち止まる。剪定する細い枝や下向きになった枝を探した。

クライドがやり方を聞いてくるので、ヴァンスに習った通りに教える。

「こういう茎は落とすのだ。綺麗な花を咲かせるために、蕾《つぼみ》の段階で切るのだと教わった」

かわいそうだがな、とテオが言えば、落とさなくても咲くのか？　と聞かれる。

「ああ、咲くのは咲くみたいだが、形が歪《いびつ》だったり小さかったりするらしい」

「それでもいい。形や色、歪でも斑《まだら》でもいい。せっかくついた蕾を落とすのは不憫《ふびん》だ」

薔薇の蕾を見つめるクライドの瞳はとてもやさしかった。それを見上げたテオは、温かい気持ちになる。

「クライドはやさしいのだな」

「……？」

「僕も人でありながら周りとは見た目も違うし、不気味な力もある。そんな僕でも受け入れてくれるクライドは、本当にやさしいし、すごいと思う。それが王なのだな」

「不気味な力ではないだろう？　それは奇跡だ。それにジェスターの王だから、そなたにやさしくしているわけではない」

「え？」

王としてのやさしさだと思っていた。まさかクライドがそんなふうに言うなんて、と隣に立っている彼を見上げる。すると同じタイミングでクライドがこちらを見下ろした。琥《こ》珀《はく》色の瞳はいつ見ても美しく、いつだって見惚《みと》れてしまう。

「テオ、鋏はあるか？」

「あ、ああ。あるが……」

うっとりと美しい瞳を見つめていると、そう尋ねられて我に返った。クライドに予備の鋏を手渡したが、人間用の大きさなのでクライドの手にはかなり小さいようだ。かろうじて第一関節が入るくらいで、それでは力も入らないし枝は切れないだろう。そしてなにより、クライドが手にすると鋏がおもちゃに見えた。

「クライド様……それ、く、くふふ、うふふふっ！」

小さな手で口を押さえたエルシーが必死に笑いを我慢している。だが押さえた端から笑いが漏れているので意味がない。それを見てテオも笑いが込み上げてしまう。

「エルシー、笑いすぎだ」

「だって、クライド様、それは……うふふふっ」

「むう……。鋏が小さすぎるな」

当たり前のことを普通にクライドが言うので、エルシーはとうとう笑いを我慢できずに吹き出した。しかしクライドから無言の圧力を感じたエルシーが、ひゅうっとテオたちから距離を取った。

「あ、私、ちょっと用事を思い出しちゃった！　帰らなくっちゃ～。クライド様、テオ、またね！」

あたふたとエルシーがガーデンをあとにする。それをクライドとともに見送った。

「慌てて帰らなくてもよいのにな。クライドは怒らないだろう？」

隣にいるクライドを見上げて言えば、右手の指先にちょんと乗っただけの鋏を見つめ、うーむ、と唸るクライドを見て今度はテオが吹き出した。

「あはは、気にしているのか？」

声を上げて笑った自分に自分で驚いた。今まで微笑むくらいはあったが、声を出して笑ったのは何年ぶりかである。

このガーデンに来てから全てがいい方向に向かっている気がする。父は戦をする様子はなく、おかげでテオも戦場へ行く必要がない。こっそり城を抜け出してこのガーデンに来るのもスリルがあってドキドキする。ここではみんながいて楽しいことしかない。

楽しいという感情を久しぶりに味わったのだ。その気持ちが、いつもどこかに不安を抱えていた心を癒やしていた。

「どうしたテオ。変な顔をしているぞ」

笑った顔と驚いた顔と、泣きそうな気持ちがない交ぜになったテオの表情は、きっとすごく変な顔をしているのだろう。だがこれくらいで気持ちが軽くなるなんて不思議だ。これも全てクライドやエルシーのおかげである。

「いや、なんでもない。エルシーが面白くて。あ、クライド、その鋏はだめだな」

指先の上に乗っているだけの鋏を回収すると、クライドが素手でそのまま薔薇の枝を剪定し始めた。

「爪をナイフ代わりにできそうだ」

「クライドだめだ。それでは薔薇の棘《とげ》で怪我《けが》をしてしまう」

薔薇の茂みに素手を入れたクライドの手を慌てて摑んだが遅かった。棘が手の甲を擦《こす》り、白い体毛がじわりと赤く染まる。だから言ったのに、とその手の甲の上へテオは自分の手の平を乗せて治癒しようとした。

「……っ？　よせっ！」

パンッとテオの手をクライドが弾《はじ》いた。これは前にもあった。額に通行証を記すために手の平を自ら傷つけたときだ。あのときも今と同じように強く拒否された。

「すまない。私の血に触れてはだめなのだ。前にも言っただろう」

「どうしてなのだ？　聞くなと言われたが――気になる。前も傷を治させてくれなかった。クライドの血には特別な力があるのか？　たとえば、血を飲めば不老不死になれるとか……」

胸の中でもやもやとしていた疑問を吐き出す。だがテオの質問に、彼は難しい顔をしたまま押し黙っている。やはり教えてはもらえないのかと肩を落とせば、そうではない、と重苦しい声で否定された。

「私の血は、そなたが言うような……よいものではない」

血がテオに触れないよう、クライドは右手の指をしっかりと逆の手で押さえ傷口を隠している。そして険しい顔で自身の血について話し始めた。

「私の血は災いしか招かない」

クライドの話はとても驚くものだった。ジェスターの獣人王クライドの血は、恐ろしい毒性を持っているというのだ。少し触れるだけならいいが、長時間その血に触れたり、体の中へ取り込んだりすれば死に至るという。その毒性は大人になるにつれて強くなるらしい。数滴でも体内に取り込めば五感を失い、ひと口飲めば記憶を全て失い、命を落とすという。クライドの言葉が信じられなかった。だが彼が頑《かたく》なに血に触れさせないようにしているのをみると嘘ではないらしい。美しい鬣を持ち屈強な体を持つクライドの血に、猛毒がある。想像もしない真実だった。

「分かったなら、もう私の血に触れようとするな。分かったか」

「……理解した。しつこく聞いて、悪かった」

「いや、最初に私が言えばよかったのだ。そうすれば今のようにまた傷を治癒しようなどと思わなかっただろう」

「そう、かもしれない。だが僕の国では、獣人王の血を飲めば不老不死になれると、変な噂があるのだ。一体誰《だれ》が言い出したのかは分からないが」

テオはそう言いながらまた鋏を動かす。シャキン、と小気味のいい金属の触れ合う音が聞こえ、地面にポトリと茎が落ちる。

「……クライドは、ブラーヴ、なのか？」

テオは鋏を持つ自分の手元を見つめたまま静かに尋ねた。ポルポを食べたときにクライドが発した言葉がどうしても気になっている。懐かしいなんて、味を知らなければ言えないはずだ。それにブラーヴはポルポが大好きだった。

（そうだと言って、クライド……もしそうなら、僕は――）

ドクンドクンと自分の心臓の音が体内に響いている。隣に立っているクライドを全身で意識して彼の返答を待った。

「……ブラーヴ」

テオがもう一度その名前を呼んだ。薔薇の枝を剪定するために手を伸ばしていたクライドがその手を引っ込めた。テオはゆっくりと隣を振り向き、ぎゅっと唇を噛みしめてクライドを見上げる。

「……懐かしい呼び名だ」

やさしい瞳がテオを見下ろす。願いが突然叶った。クライドがあのときのブラーヴだった。瞬《まばた》きもしないでクライドを見上げる。琥珀色の瞳がテオを見た瞬間、全身が粟立《あわだ》つほどの衝撃が走った。

いろいろ話したい、伝えたい言葉がたくさんある。それが喉の奥で詰まり、なにから吐き出したらいいか分からない。一気に涙が目の中で盛り上がってくる。

「……なぜ言ってくれなかったのだ。ブラーヴ、どうして……突然、姿を消したのだ。ブラーヴ……」

子供のようにボロボロ涙を流すテオの頬に、クライドがやさしく触れてくる。涙がクライドの太い指に落ちて、白い体毛がピンと滴を弾く。テオはその大きな手を両手で摑み、目を閉じて自ら頬をすり寄せる。

「ブラーヴ、やはりそうだった……」

「そなたは、すっかり変わってしまったな。あの頃の黒い髪と瞳ではなくなった」

「あ……こんなに白いのは、変……だろう？」

クライドの手から頬を離す。涙が急に照れくさくなって慌てて手で擦って拭《ふ》き取った。

「いや、どんな姿になってもなにも変わらぬ。だがそうなってしまうほどに、一体なにがあったのかと、それが気になった」

「これは……きっと力を使いすぎたからだ。父上の言われるまま戦場に連れていかれ……」

「私たち獣人族もそれは同じだ。争いはなにも生まない。だから樹海の奥でこうしてひっそりと住んでいる」

「……そうだな。争いには悲しみしか生まれない」

睫を濡らしたままのテオは、目元を赤くしながら微笑んだ。この場所がどれほどテオの心を支えているか、どれほどブラーヴに会いたかったか、この胸を開いて見せたいほどだった。

「ブラーヴ……あ、クライドだな……。少し腰を落としてくれるか？」

「……？　いいが、一体なにをするのだ？」

　クライドが片膝をついてその場で腰を落としてくれた。テオはそんなクライドに近づいて、いつもボリュームがあってふかふかの鬣に腕を回してしがみつく。思い切り息を吸い込むと、クライドからはなにか甘い香りがする。

「大好きだ、ブラーヴ。会いたかった。こうして抱きしめたかった。姿が見えなくなって心配した。寂しかった――それから悲しかった」

　鬣に顔を埋めて呟くように言うと、テオの背中にクライドの腕が回る。ぎゅっと抱きしめられて愛《いと》しさが増した。

「すまない、テオ。そなたになにも言わずに姿を消してしまった」

「なぜだ？　なぜいなくなった？」

「……あのまま傍にいることは、できなかったのだ」

　クライドの言う意味がよく分からない。ずっと一緒にいればよかったじゃないかと、今でもそう思う。あの頃の気持ちを思い出し、テオは思わず涙ぐむ。

「私の存在が見つかれば、どこから来たのか探られ、確実に獣人族の存在を知られるだろう。それだけは避けなければだめだった」

「そうか……」

「それにこの血は、日々毒性を強めていた。もしもなにかの弾みで私の血に触れれば、子供のテオはひとたまりもなく命を落とす。それはあってはならない」

「クライド……」

「だから黙って姿を消した。テオ、私は離れたくなかった」

今も昔も、テオは自己中心的な考えばかりだったのだと思い知る。そして彼はその頃から自分以外の種族の存続を考え、テオを気遣い、王の素質を持ち合わせていた。

テオは自分の未熟さが急に腹立たしくなる。同時に目の前のクライドへ一気に気持ちが引き寄せられ、この抱きしめている腕を離せなくなる。

そんなクライドを、心の底から好きだと思った。

「もう、いなくならないでくれ」

テオはクライドの首に抱きついた腕に力を込める。クライドがブラーヴだったと知って気持ちが引き寄せられたのか。いや違う。あの頃とは全てが違うクライドを好きだった。

「そなたが好きなのは、子供の頃の私ではないのか？　あの頃のようにもう小さくかわいくはないぞ」

「そうだな。クライドはもう大きいし鬣もふわふわになっている。僕もチビだったあの頃とは違う。だから分かっている」

「だめだテオ、もうそろそろ離れてくれ。あまり近づかれると、よくないことを考えそうだ」

クライドがそう言い、彼の両手がテオの脇に入る。そのまま強引に体を離されてしまった。テオは言われた意味が分からず、ただその美しい金色の瞳を縋《すが》るように見つめていた。クライドの髭がテオの顔の横で頬をくすぐる。

会えてうれしい気持ちと、懐かしさと愛しさに突き動かされ、衝動的にクライドの鼻筋にキスをしていた。

「……っ！」

「クライド、もう少し抱きしめていたい。触れたいのだ」

「……それは、できない」

ふいっとテオから視線を逸らし、クライドは小屋の方へ歩いていく。せっかくクライドがブラーヴだと知れてうれしいのに、なぜか彼は素っ気ない。もしかして再会したくなかったのだろうか。それともブラーヴだと気づいて欲しくなかったのだろうか。だがクライドはテオより早く気づいていたように思う。

（あの頃の話をしたくないのだろうか？　――いや、ならば僕の質問にも答えないはずだ。

ブラーヴと分かってなお、離れろと言った。……どうしてだ？）

今もそうだ。テオから少し距離を取って立っている。昔の人懐っこいブラーヴとは印象が違っていた。無邪気に抱きついてテオの顔を舐めて、じゃれついてきていた子供のときとは違う。

（子供のブラーヴを求めているのではない。僕が欲しいのは……）

この国に迷い込んでもすぐに追い出さずガーデンまで好きにさせてくれた。とてもやさしいし、ガーデンで倒れていたテオにもよくしてくれる。もっと知りたくて親しくなりたいと思って触れると、その距離が不意に離れてしまう。その態度がテオには理解しがたい。

「小屋までの敷石も運ぶのではなかったのか？」

石が積んである場所まで移動したクライドが、こちらを振り返って声をかけてくる。

「あ、ああ。そうだが……」

なんとなくクライドが話を逸らしたような気がした。作業を始めようとすると、森の出入り口から騒がしい声が聞こえてくる。ラストアとエルシー、そして今日はオルグレンとカミラもやってきた。

「あれ、エルシー戻ってきたのか？」

「だって、オルグレンもカミラも行くって言うんだもん。私だけのけ者は嫌よ」

エルシーはオルグレンの肩に乗って耳羽根を広げた。それがオルグレンの顔に当たり視界を塞《ふさ》ぐが、彼は顔色ひとつ変えない。

クライドと遜色ないほど大柄のオルグレンは、狼《おおかみ》の獣人だ。筋肉質で全身が黒い毛で覆われている。鋭い瞳はクライドと同じ黄色だ。顔の部分だけが少し白っぽい毛で、クライドよりも鼻筋が長い。力仕事をクライドと一緒にしてくれる。無口であまり表情は変わらないが、とても心やさしい獣人だ。

「エルシー、オルグレンの肩で翼を広げたら、彼の視界を塞いでしまうよ」

「あら、ほんとだわ。オルちゃん、ごめんなさいね」

「……………いや、平気だ」

そしてもう一獣人のカミラは大鷲《おおわし》の獣人である。頭の上に青い鶏冠のような羽根が立っているせいで、テオと身長はそんなに変わらない。大きな黄色の嘴《くちばし》と黒い瞳。体毛は首から上が白で、体は茶色の羽毛で覆われている。鋭い鉤爪《かぎづめ》のついた足は嘴と同じ鮮やかな黄色だ。

少し理屈っぽい性格だが、頭がよくて物知りで人間の書いた本を読めるらしい。

「エルシー、君はいつも騒々しいな。少し口を閉じていられないのかい」

「うるさいわねぇ。ちょっとくらい……いいじゃない。カミラはいちいちうるさいのよ」

エルシーがオルグレンの肩の上でカミラを見下ろしながら言う。それが気に入らないのか、カミラは負けじと言い返す。テオにしてみたらどっちもどっちという感じなのだが、ガーデンが賑《にぎ》やかになってとてもいいと思う。

「お前たち、手伝いに来たのか騒ぎに来たのかどっちだ」

「手伝いに来たわ〜。クライド様〜」

エルシーがオルグレンの肩からクライドの肩に移動する。ふかふかの鬣に顔を擦りつけるのを見ているとテオもそうしたくなる。あの鬣の気持ちよさはお気に入りだ。

「私めも手伝いに参りましたよ。力仕事はオルグレンですが、いろいろな知識や計算などはお任せください」

「…………」

カミラとオルグレンがペアになる。大きな石を持つのはオルグレンで、それを計算して並べ場所を決めて指示するのがカミラだ。無口なオルグレンとおしゃべりなカミラは一見アンバランスだが、実にスムーズに作業が進んでいた。

「あのコンビ、意外と合っているのね」

エルシーが二人を眺めながら呟く。なんだかんだと上手くやっていて、少しうらやましくなる。チラリとクライドを見ると、彼も黙々と作業をしていた。

「僕はクライドといい相棒になれるだろうか」

冗談交じりにそう言えば、隣に立っているクライドがちらりとこちらを見やった。だがなにも言ってくれないので少し意地になってくる。

「クライド」

不意を突いて彼の鬣にしがみついた。体を強ばらせたが、さっきのように拒否はされない。エルシーや他の獣人がいるからだろう。ならば、とテオは鬣に顔を埋める。

「気持ちいいな、クライドの鬣は。大好きだ」

「あ～！　テオだけずるいわ。私だって好きだもの。クライド様の鬣！　私なんて体が埋まってしまうんだからっ」

傍で見ていたエルシーが、テオに張り合うようにしてクライドの鬣に飛び込んできた。二人でどちらが好きかを張り合う。クライドはといえば、両側からもふもふされているが顔色ひとつ変えない。

（あれ、でも照れてるのかな。それとも……）

少し遠い目になっているクライドが面白くて、いつまでもエルシーと張り合ってじゃれ合った。しかし終始クライドはドライな反応で、テオはそのよそよそしさに少し肩を落とした。

再び作業を始めたテオたちだったが、城でなにか問題が起きたらしく、エルシーを残し他のメンバーが一度ガーデンを出ていってしまった。

「大丈夫だろうか」

「平気じゃないかしら。ときどきあるのよ。きっとたいした問題ではないわ」

「なら、いいのだが……」

テオは深いため息を吐《つ》いた。それを聞いていたエルシーが見逃さず、なにか悩んでる？　と問うてきた。

「悩んでいるというか、クライドが……」

「え？　クライド様がどうかしたの？」

こんなおかしな悩みをエルシーに打ち明けるのはどうかと思ったが、このままクライドが素っ気ないのはつらいと思った。

「クライドの態度が、なんというか、おかしいのだ」

再び鋏を持って薔薇の剪定を始めたテオだったが、その鋏の動きが止まる。エルシーは白い柵の支柱の先にちょこんと器用に座り、テオを見上げて首を傾げていた。

「おかしいってどんなふうに？」

「クライドに抱きついたら、よくないことを考えるからやめろと、言われたのだ。よくない考えとはなんだと思う？」

ものすごく真剣な顔をしてエルシーに尋ねた。しかしエルシーは長い髭をヒクヒクと動かし、なにかを考えるような顔をした。

「それ、我慢できなくって手を出すってことよ」

「え、手を出すって、僕は男だ。クライドも男ではないか。一体どういう意味なのだ？」

「あとは直接……今みたいにクライド様に聞いた方がいいわ。私からは、なんとも言えないもん」

「尋ねてもよいのだろうか」

もしもまたクライドを困らせてしまったら嫌だなと思った。だがこのまま徐々に距離を取られて、離れていってしまうのはもっと嫌だ。ブラーヴがいなくなったときのように。

「いいもなにも……きっとそれしかないわ。今から行きましょう」

「行くとは、どこに？」

「もちろん、ジェスター城よ」

エルシーの予想外な返答に、テオは思わず手から鋏を落としていた。

「黙って入ってはだめなのではないか？　そのためにこのガーデンのみ出入りを許されたのに、エルシー、本当によいのか？」

テオはシークレットガーデンから出てエルシーの後ろを歩き、ガリエン地区の端っこまでやってきた。この先は足を踏み入れたことはない。ガリエン地区でさえ長老の小屋までしか行けなかったので、その他の場所は全く知らないのだ。

奥深いガリエン地区は、先へ進めば進むほど木々に密集するキノコ屋根の小屋が、木の幹にいくつも連なっていた。小屋の窓から物珍しそうに顔を覗かせ、テオを眺める獣人の姿がある。

「大丈夫よ。あのガーデンだけなんて息苦しいでしょ？　だってジェスターは広いんだもの。いろいろ見て欲しいと思うわ」

「だが、クライドの許可もなく……」

そんなやりとりをしているうちに、気づけばガリエン地区とは違う場所に来ていた。足元は土ではなく石畳だ。そして左右には壁のように聳《そび》えるなにかがある。よく見ると壁にいくつもの窓があり、そこからオレンジ色の明かりが漏れていた。ひとつだけではなく、無数に広がっていて、その窓から獣人がこちらを見下ろしている。下から上までびっしりと家や店が連なっているのだ。

一階の店先にはたくさんの布が下がっていたり、帽子ばかりが並んでいたり、かと思えばその隣からはなにやらいい香りが漂ってくる。実に様々だ。

「す、すごいな……」

「ここはバスターク地区よ。商業の地区だからいろんなお店があるわ。なんでも揃《そろ》うのよ」

「リカドールの城下町のような場所か」

テオにとって物珍しいものばかりがあるバスターク地区を抜けると、石畳の道が広場になった。その先には、天まで届きそうな高い塔のような城がある。テオの住んでいるものとは全く異なる形だが、それが城だとすぐに分かった。塔の上部にはクライドの、獅子の彫刻が模されてあったからだ。

「……これは、見事だ……なんて美しい」

塔の外壁は石造りになっているが、その周囲を覆うように植物の蔓が這っている。塔の中腹には天使の羽のようなものが巻きついていた。とても不思議で言葉では形容しがたい美城だ。

「テオ、こっちよ」

気づくとテオの足は止まり、口を開けてその塔を見上げていた。この中にクライドがいるのか、と思うとなんだか不思議だ。あのガーデンでしか会っていなかったクライドが、一国の王であると思い知らされる。

エルシーに呼ばれて城の中へと入る。城の門にはオルグレンと同じ狼の獣人が左右に二人立っていて、部外者のテオは止められるかもと思った。鋭い目で睨《にら》まれたが、なぜか問題なくあっさりと通された。

（なぜだ？　クライドが知らせてくれていたとか？　いや、そうではないか）

テオは自分の額に触れる。もしかしたらこれが通行証になっているのかもしれないと、勝手にそう解釈する。

城の中は外から見るよりずっと広い。というか、あり得ない広さだった。王国全体を人目から隠すのも、シークレットガーデンの仕組みも、おそらく同じような方法が使われているのだろう。

「中は、広いのだな」

「そうよ。王様が狭いお城には住めないもの」

テオの住んでいる城とは全く違う印象だ。足元は白い石床に金の蔦《つた》模様が美しく描かれていて、同じ白柱には天使の彫刻が見事に施されている。なにより驚いたのは、壁や天井の全部が空と同じ真っ青なのだ。しかも角度によって色が微妙に変化する。ドーム型の天井はまるでそこに空があるように錯覚させられた。

「本当の空があるみたいだ」

テオの城では考えられない色使いで、まさに異世界だった。驚きながらもエルシーの後ろをついて歩き、一番奥の大きな扉の前までやってくる。石造りの白い扉には紫色の蔦の模様が描かれてあり、今にもその蔦が息づいて動き出しそうな気さえした。

「クライド様、もうお部屋にお戻りですか？」

エルシーが扉に向かって声をかける。しかし応答がなかった。なにか問題が起きて城に戻ったのだから、まだ忙しいのではないだろうか。

「エルシーもういい。今度、ガーデンにクライドが来たときに聞けばいいのだ。この城にも許可なく入ってしまったし、きっと叱《しか》られてしまう」

「平気よ。クライド様はそれくらいで叱らないわ」

だが、クライドの許可なく足を踏み入れたのは、やはりまずいだろうと思い直す。

「エルシー、ガーデンに帰ろう」

「ええっ！　だって……」

せっかくここまで来たのに、とエルシーが言った途端、目の前の扉が音もなく動き始める。テオは数歩後ろへ下がり、中から出てきたクライドと目が合った。

「お前たち……どうしてここにいる？」

驚いたような彼の顔が、次の瞬間には険しくなった。苛立《いらだ》ちを抑えているようなそんな表情だ。当然の反応だと思った。勝手に許可なく城の中へ入ってきたのだ。

「クライド様。テオは私が連れてきたの。聞きたいことがあるって言うの。だから……」

「許可はしていないぞ」

「すまない……。勝手にここまで来てしまった。急ぐ用でもないのに、身勝手を許してもらえるだろうか」

テオはクライドに頭を下げた。だが許すとも許さないとも返事がない。もしかしたら早くこの場から去れといっているのか。テオが謝ったのでエルシーが大慌てで弁解し、クライドの周りを飛び回っている。しかし彼女の声はテオにもクライドにも届いていない。

「すぐに城から出ていく。――すまなかった」

踵《きびす》を返したテオだったが、その腕をクライドに掴まれた。驚いて振り返るも、彼の表情に変化はない。

「クライド様！　ごめんなさい……テオを叱らないでっ。お願いします！　私が勝手に連れてきたの。だから、――だから、テオを……叱らないで～」

飛び回りながら赤い大きな瞳からボロボロと涙を零《こぼ》していた。クライドが本気で怒ると思っていなかったらしい。普通に考えれば、許可なく城に入れば捕らえられるだろう。そもそも門兵が止めなかったのもテオには理解できなかった。

「驚いたが、そこまで怒ってはいない。エルシー、泣くな」

クライドがテオを摑んでいる手とは反対の腕を胸の前に出す。すると遠慮がちにその腕にエルシーが留まる。小さな手で零れる涙を拭っているが、止まらないようだ。

「次にこのような勝手をしたら、しばらく腕にも肩にも留まらせないぞ」

「……はい。クライド様の腕に留まれないのは悲しいもの。ちゃんと、お許しをもらいに参ります」

ようやくクライドの周囲に張り詰めていた空気が緩む。テオも緊張を解いて安堵《あんど》する。

「では、テオだけを置いておぬしは帰れ」

「……はい。クライド様。テオを叱らないで、ください。約束して」

「分かっている。叱ったりはしない」

それを聞いて安心したのか、耳羽根を広げてふわりと飛び上がった。まだしょんぼりと肩を落としているが、ゆっくり城の出口の方へ飛んでいく。ときどきこちらを振り返る姿が妙にかわいくて、テオは人知れず胸をきゅうんとさせていた。

「それでテオ、私に話があるのか？　約束を破ってまで城に足を踏み入れたのだ。全てを聞かせてもらおう」

頭の上から声がしてゆっくりと振り返ると、しおらしい面持ちで頷《うなず》く。そしてクライドの自室に招き入れられた。彼自身が大きいので、部屋の家具類が全て大きい。特に驚いたのはベッドだ。テオが何度寝返りを打てば端から端まで辿《たど》り着くのかというほど広い。

足元は落ち着いた濃紺の絨毯《じゅうたん》で、壁は明るい黄色。赤に金の縁取り刺繍《ししゅう》のされたカーテンが下がり、木製の棚には美しい彫刻が施され、たくさんの本が並んでいる。壁にかかっている真鍮《しんちゅう》の燭台《しょくだい》も複雑な形をしていて、テオの城では見かけない造りだった。

「そこへ座れ」

大きな丸テーブルの周りには、背もたれのない丸い椅子《いす》がぐるりと囲んでいた。その椅子に座るよう促されたが、座面が高く尻を乗せるのに難儀する。

「あれ……えっと、よっ……」

腰ほどある高さの椅子に上手く座れない。かといってよじ登るのも不格好だ。どうにも座れず困っていると、静かにクライドが近づいてきた。

「少し大きいか」

そう言いながらテオの両脇に手を入れ、まるで子供を座らせるように助けてくれる。妙に照れくさくて、色白の肌がほんのり桜色に染まった。

「……すまない」

クライドが同じ椅子を手にして、テオと向かい合うような格好で腰を下ろした。さあ話せ、と言われているようで少し居心地が悪い。

「あのっ……今日は、勝手に来て、その、申し訳ない」

「それはもうよい。で、私になにか話があるから、ここまで来たのだろう？　あのガーデンでは言えないのか？」

あのガーデンで聞いてもよかったが、あの場所を自由に出入りできるのは二人だけではないので、話の途中で誰が来るか分からない。そうしたら落ち着いて話すのは困難だ。

（でも、だからといってここに来てまで聞くことなのだろうか）

今さらそう思えてきて、途端にテオの口が重くなった。

「どうした？　用事もなく来たのか？」

「ち、違う……。その、変なことを聞くと思わないでもらいたいのだが、あの……ガーデンで言った言葉の意味を、教えてもらいたいのだ」

「ガーデンで言ったこと？」

「そうだ」

「なにについてだ？」

本当に分からないのか、胸の前で太い腕を組んだクライドは顎下《あごした》の鬣を手で撫でる。それを見てテオはうずうずし始める。

（触りたい……）

そんな欲求が頭の中で膨れ上がる。少し上を見ながら鬣を撫でていたクライドの視線が、ふとこちらに留まった。ピクンと反応して、今度はテオは視線を逸らす。

「思い出せん。なにについてか教えてくれないか」

「あ、僕がその、クライドに抱きついたら、よくないことを考えそうだと言っただろう？　あれはどういう意味なのだ？　それ以来クライドの態度がよそよそしい。もしかして僕がなにか嫌がることをしてしまったのかと……」

ちらちらとクライドの顔を見ながら怖々聞いてみる。鬣を撫でていたクライドの手が止まった。そして沈黙が落ちて場の空気が緊張する。

（あれ……やっぱり、僕になにか原因があるのだろうか）

いろいろと思い返せば、この国に出入りするようになって世話ばかりかけていて、自分の存在が厄介である以外に考えられなかった。

「分からないなら、直接聞く方がいいと、エルシーに言われたんだ。それで、聞きに来た」

「…………」

クライドはやはりなにも答えてくれない。それがどうしてなのか分からず、これ以上は聞かない方がいいと判断した。

「すまない、クライド。僕が変なことを聞いたのだな。エルシーはクライドが僕に手を出すかもしれないからだと言っていたが、やはりそんな理由ではないのだろう？」

テオは椅子からピョンと飛び下りた。クライドとの間にこんなに気まずい空気が流れたのは初めてだ。もしかしたらあのガーデンにもクライドは来なくなるかもしれない。

（もしかしたら、もう来るなと言われてしまうだろうか……）

そうしたらきっとテオの心にはまた闇《やみ》が落ちるだろう。だがそれも仕方がない。

「答えづらい質問をしてすまない。僕は自分の城に戻る」

扉へ向かって歩き始めたテオは、腕を摑まれ引き留められる。

「そうではない」

「えっ」

布越しにクライドの熱が伝わってくる。触れられて、テオの心臓はまるで胸の中で小躍りしているかのように跳ねた。

「違うのか？　ならば、どういう……」

「そなたは本気でそれを聞いているのか？」

「本気って……どういう、意味なのだ？」

クライドの眉間《みけん》にぐっと深い皺《しわ》ができた。怪訝《けげん》な表情を浮かべる彼を見つめ、本当に意味が分からないのに、なぜそんな顔をされるのかテオの方が分からない。

「どう我慢できなくなるのか知りたいのだろう？」

「知りたい。僕はクライドを好きなのに、あんなふうに素っ気なくされたり距離を取られたりするのは、とてもつらい。だから教えてくれ」

純粋な気持ちでそう問うた。真っ直ぐに聞けば、彼ならば誤魔化《ごまか》さずに教えてくれると信じている。だからクライドを純真な目で見つめた。しかし――。

「そこまで言うなら分かった。教えよう。その代わり、始まれば途中でやめられない。よいな？」

腕を摑んだままクライドが立ち上がった。なぜか彼の周りの空気が一気に変化した。ピリッと刺さるような強いオーラにテオは緊張する。

「わ、分かった……」

圧倒されながら返事をすれば、クライドに軽々と抱き上げられる。

「うわっ！」

一瞬で景色が変わり驚いたのもつかの間、テオはそのままベッドに連れていかれた。

「えっ、あの……クライド？　なに……っ！」

まるで獲物を捕食するかのように、テオをベッドに組み敷いた。クライドの手が腹の上に乗せられ、なにが起きるの？　と困惑していると、そのまま服を鷲摑みものすごい力で引き裂かれた。

「ひぁっ！　なに、クライド、どうしてっ⁉」

「手を出すとはこういうことだ。そなたは分かっていて聞いてきたのではないのか？」

「えっ、わか、分からぬ……そんな、こと……」

かろうじて下半身を隠せるほどの布が残っていたが、上半身は背中の布以外は剝《は》ぎ取られてしまっていた。黄色い瞳がテオの体を見つめ、鼻先を首元に近づけてくる。吐き出す荒い息が当たり、肌がしっとりと濡れた。

「や、いやだ……っ」

「途中でやめられないと言った」

クライドの熱い舌がテオの首筋を舐め上げた。ぞわぞわと全身が粟立ち、それが嫌悪でなく別の類いのものであるとすぐに気づいた。刺激が下腹部の奥深くに溜まったのだ。

（な、なんだ……これはっ、あ、熱い……っ）

ざらざらした舌が首筋からテオの胸に下りてくる。慌てて体を捩《よじ》って逃げようとしたが、大きな手がテオの両手をベッドに縫いつけた。両足は彼の足で押さえられ、まるで張りつけの状態である。

「あっ、や、だ……ぁっ、それ、なに……っ」

大きな舌がテオの胸の尖《とが》りを舐める。器用にちゅうっと吸い上げてきて、痛いのに気持ちよくて背中が仰《の》け反《ぞ》った。白い喉をさらけ出し、後頭部をベッドに擦りつける。こんな刺激は知らない。自分がなにをされているのかよく分からないでいると、クライドの舌が再び喉元から這い上がってくる。

「甘い……そなたは甘い味がする」

「……だっ、んっぁ……んぐぅっ」

大きな舌が口腔《こうこう》へ入ってくる。まるでなにかを探すような動きをして、テオの舌や歯列、そして上顎を丹念に舐める。引き出されたテオの舌が、ときどきクライドの犬歯に当たった。クライドに口を吸われるのが気持ちよくて、頭が熱くなり目の前がボンヤリする。

部屋にはぴちゃぴちゃと淫靡《いんび》な水音が響いていた。クライドのしている行為がどういう類いのものなのかはもう理解している。これは男女の交わりだ。

（でも、男と女でするものでは、ないのかっ）

両手両足を固定され、好きなように体を舐め回されている。触れられたいと思っていたし、触れたいとも思った。だがこれは――。

「クラ、イド……っ、なに、なんで、こんな……っ」

「知りたかったのだろう？　私がなにを我慢しているか」

大きな舌で散々蹂躙《じゅうりん》された口の周りは、クライドの唾液《だえき》でべったりと濡れていた。虚《うつ》ろな目で彼を見上げると、いつもよりも興奮に満ちた野性的な目をしている。見た目そのものが獅子なのでそうなのかもしれないが、息が荒く常に口が開き牙《きば》が見えていた。

「でも、こんなことを、されるとは……思ってな、ぁっ！　ひぃっ」

再び胸の先に吸いつかれる。左手が解放され、クライドの指先が反対側の胸を弄《いじ》り始めた。やわらかな肉球で何度も捏《こ》ね回される。ときどき鋭い爪が先端を掠《かす》め、その刺激で腰が跳ね上がった。そのときテオは気づいた。自分の足の間にあるものが、完全に硬くなって立ち上がっているのだ。

（え……なんで、こんなふうに、なるんだ。これは違う、違、うっ）

かろうじて残っていた布の一部がテオの屹立《きつりつ》を覆っている。自分がなにをされているのか確認するために頭を上げたとき、一部分に濃い染みを作っているのを見てしまった。

「クライドっ、ああ……クライドっ」

何度も彼の名を呼び、混乱しているのに反応する自分の体にパニックになっていた。

「大丈夫だ。痛くはしない。こんなに小さなものでも感じるのか？」

「ぁ……っ、や、あぁ……っ、なに、ああ、それ、んんっ……」

　大きな舌が器用に動き、テオの粒を舐めては押し潰している。まるでそこからなにかを絞り出すかのように丁寧に弄り回された。

　テオの肢体は不規則にビクビクと跳ね、そのたびにクライドが喉を鳴らし唸りながら目を細めた。熱い息が肌に当たるだけで、下半身で硬くなっている硬直がピクピク反応する。そしてとうとう、最後の布を取り払われた。外気に晒《さら》されたテオの屹立は、透明な液体で鈴口を濡らし、あふれたそれが硬直の幹を伝っている。

「気持ちよいのだろう？　ここは素直だ」

「や、や、だめ、クライド、見ないで……ああっ、だめぇ……」

　体にバターでもついているかのように、クライドの舌はテオの白い肌を這うように舐め回す。大きな頭がテオの下腹へと滑っていくと鬣が素肌をくすぐり、それがまた快楽を連れてきた。薄い草原に横たわる屹立に息を吹きかけ、小さな双果ごと舐められる。

「ひっ、うっ……ぁっ！」

　初めて知る快感が全身を粟立たせる。ビリビリと痛いほどの刺激に息が喉に詰まった。混乱と羞恥《しゅうち》の狭間でクライドに圧倒され、眦《まなじり》から涙が零れ落ちる。それでもクライドは行為をやめなかった。

「甘い……そなたのこれは……なぜこんなに甘いのだ」

「しら、知らな……っ、あっ、や、ぁっ、そこ、やっ……だ」

双果ごと竿《さお》を舐めていたクライドが、屹立を口に含んでくる。下半身が全て食べられたようなその光景を見たテオは、快楽の中に僅かな恐怖を覚えた。

(食われる――！)

しかしクライドの口の中で激しく擦られ、腰がガクガクと揺れ始める。体の芯《しん》がずるっと引き抜かれるかと思うほどの激しい吸引は、テオに対する燃えるような情熱さえ感じた。

「は、あっ！　いやっ、だ、だめ、出るっ……でちゃう、クライド、だめっ、あぁっ、もう、――あああっ！」

積もり積もった快楽が思い切り弾けた。絶頂に押し上げられたテオは、クライドの口の中に精を放つ。全身に甘い快感が走り抜け、爪の先まで痺《しび》れていく。恍惚《こうこつ》とした顔で息を吸うも、なぜかまだ腰の奥に燻《くすぶ》った熱が残っている。

「どうした？　気持ちよくなかったか？　腰が動いている」

「あ……、あぁ、そんな、……クライド……」

テオを押さえていた手と足が解放される。だが今度は両足首を摑まえられ、クライドの肩へと担がれた。恥ずかしい部分が至近距離でクライドの目の前に晒された。

「な、なんで、もう僕、無理……あ、あぁ……、む、り、ひっ！」

腰を大きく持ち上げられて、テオは自身の両肩で体重を支える格好になる。先ほどクライドの口に精を放った屹立は、力なく目の前で揺れていた。全体が舐め上げられてテラテラとクライドの唾液で光っている。

「もう、もう……分かった。これ以上、もう……」

苦しい体勢で足をばたつかせ抵抗してみるが、まるっきり力では敵《かな》わない。太股《ふともも》を大きな手で捕らえられ動きを封じられる。

「暴れるな」

クライドが鼻先をテオの後孔に近づける。匂いを嗅ぐ仕草に羞恥が全身を駆け巡った。射精で冷めかけていた体に熱が灯《とも》る。

半開きになったクライドの口から桜色の舌が見えた。そこから透明の唾液がテオの双果に垂れ落ち、流れて後孔までやってくる。ヒクッと閉じた窄《すぼ》みが反応した。

「そなたの匂いは私を狂わせる」

「クライド……なに、するの。ねえ、あぁ、や……っ」

大きな舌が窄まりを舐め始める。器用に先を細めたその舌が、慎《つつ》ましやかな後孔をこじ開けようとし始めた。

「そんなとこ、だめっ！　あっ、やめて……っ、やって、やぁっ、だぁっ！」

じゅぶじゅぶと信じられない音が聞こえてきた。それと同時に腰の奥に溜まった熱が疼《うず》き始める。舌の先が少しずつ中に入ってくると、そんな場所になぜ、と驚愕《きょうがく》した。だが抵抗するも、もどかしさの中に快楽を見つけてしまう。そうすると頑なに侵入を拒んでいた肉環が緩み、クライドの舌先を奥まで許してしまう。

「ああっ、うっ……ん、ひぐぅっ、う、あぁ……」

ぬるぬるとクライドの舌が肉壁を舐め上げてくる。何度もそうされていると、徐々に羞恥が霧散してきた。そして代わりにもどかしい熱が腰奥に広がる。

「あ、あ、ぅっ、ぁ、ああ……」

そちらに夢中になっていると、テオの屹立がずくんと再び力を取り戻し始める。

「こちらも触ってやる。扱《しご》くと気持ちいいだろう」

「あっ！　やぁ……ぁっ！」

大きな手が硬直を握る。くちゅくちゅと唾液にまみれたそれが扱かれると、再び強い快感が呼び戻される。卑猥《ひわい》な言葉と刺激で、テオの熱塊はすぐに硬くなり始めた。

さらにクライドの唾液でぬるぬるになったその窄まりに、なにかが押し当てられる。

「……っ！　クライド、なに、なにしてっ……――っ！」

「グルルル……」

喉の奥で唸るクライドが、唾液にまみれた指をテオの後孔に押し入れていた。テオの知らない違和感に体を硬直させる。しかし前を激しく刺激され、その緊張は瞬く間に緩和された。腰が蕩《とろ》けそうな快楽に理性が霞《かす》んでいく。

「それ、なに……、ぁっ、あぁ――クラ、イド、あっ、あっ……や、きも、ちい……い」

後孔に入っている指がゆるゆると出入りし始めた。クライドの指にある肉球がテオの肉筒をやさしく撫でる。強い異物感が消え去っていき、今はもっと強い快楽を欲していた。

「狭いな」

そう呟いたクライドが指の入っている窄まりの縁を舐め始めた。信じられないほどの唾液で濡らされ、テオの下半身はぐちゅぐちゅになっている。ぬぷぬぷと後孔を出入りする指も徐々に動きが早くなり、より奥に侵入してきた。

「や……ぁ、クライド……もう、だめ、あ、あぁ……もう、変に、なる」

クライドの与える刺激に体が言うことを聞かない。後孔はきゅんと彼の指を締めつけ、大きな手に包まれた屹立は今にも弾けそうだ。さらに濡れた舌で全てを舐め回され、強すぎる刺激に目の前がクラクラする。

「テオ、お前が知りたかったことだ。私の我慢がなんなのか、知りたかったのだろう?」

きゅっと手の中の硬直を強く握り扱かれると射精感が高まった。ついさっき出したばかりだというのに、またあの絶頂が近づいてくる。クライドがなにか話しかけていたが、テオは快楽を追いかけるしかできなかった。

「んぅ、はっぁ、ああ、んっ……で、る……あ、あぁ、また、また、で……る」

ゆらゆらと腰が揺れ、体の中で快感が膨れ上がった。我慢なんてこれっぽっちもできず、テオは二度目の精を放っていた。

「あ……、ああっ、クラ、イ……ド、あぁ……」

自分の出した白濁がクライドの頬を汚す。虚ろな目で部屋の天井を見つめていた。なにも考えられず、ゆっくりと体をベッドに横たえられたのにも気づけなかった。

「私は我慢していたのだぞ。テオ……聞いているのか？」

広いベッドの上で脱力しているテオは、クライドのそんな言葉を聞くこともなく意識を手放していた。

第五章　運命を変えるとき

テラスから樹海を望みながら、テオはボンヤリしていた。もうそろそろ部屋に入ってはどうですか、とライドに何度か声をかけられた。だがそれにもどう返事をしたのかあまり覚えていない。

（あれは、夢じゃないとは思うが……）

目が覚めたテオはシークレットガーデンにあるベッドに寝かされていて、破られたはずの洋服も元に戻っていた。確かクライドの部屋にいたはずだが、どうやらテオを小屋に戻してくれたらしい。夢だったのかと思ったが、洋服に擦れた胸先が刺激に敏感になっていて、覗き込むと赤くぷくりと腫《は》れていたので現実だと思い知る。そして白い肌にはクライドが強く吸いついてつけた赤い痕《あと》がいくつも残っていた。

まさかあんな恥ずかしい行為をされると思っていなかったが、それよりもその快楽の強さに驚き、あまつさえ気持ちいいと口走った自分が信じられなかった。

クライドの欲望をぶつけられた日からずっと、テオは濃厚に触れ合ったあの感触が頭から離れない。クライドの指で体中を触られ、自分でさえ触れない場所を撫でられ、何度も達した。もう一度あれを欲しているなど、どうかしていると思うのに考えてしまう。

　シークレットガーデンに行けばクライドに会える。だが会えばきっとあの行為を思い出し、おかしな行動をとってしまいそうで怖い気もしていた。だがなによりも、クライドがテオを求め、あれほどまでに情熱的に欲情してくれたことがうれしかった。

（会いたい……だが、照れくさい。しかし、会いたい……）

　いろいろと葛藤《かっとう》した末、夜になったら城を抜け出そうと決めた。それに自分だけ一方的にされてしまい、それがどうしても気になっている。

（僕だって、クライドを好きなのだ。もっと……触りたい）

　そう思うと、下腹部にはしたない熱が溜まり始める。今までは自慰行為をしたいとも思わなかったし、自分で処理するなどほぼなかった。それなのに、たった一回のクライドとの行為でテオの体は変わってしまった。

　唇を噛みしめたテオは部屋に戻る。テラスの窓を閉めライドに人払いをさせた。カーテンを閉めた部屋は薄暗い。ベッドへ横になり、はぁ、と切なげなため息を吐く。背中を丸めてクライドとした、淫《みだ》らごとばかりを考え下肢に手を伸ばすのだった。

夜になって城を抜け出したテオは、森の中を走っていた。目の前で木々や草がテオに当たらないよう左右にぐにゃりと曲がってよけていく。あっという間に辿り着いたシークレットガーデンには誰もいなかった。もう少ししたらエルシーかクライドが来るだろう。

(はぁ、早く会いたい)

はやる気持ちを抑えつつ、今日もガーデンの手入れを始める。かなり手慣れてきて、城の薔薇も自分で世話ができるかもしれない。

今は小屋の周りに蔓薔薇を植えようと考えている。初めてこの場所に来たときはほとんどなにもなかったのに、今はどこも薔薇でいっぱいだ。

(小屋の両脇に薔薇を植えれば、もう苗を植える場所がなくなってしまうな)

そうして小屋の脇で座り込んで土を弄っていると、背後の気配に気づいてテオが振り返る。そこにはいつもと変わらぬクライドが立っていた。

「クライド! 今日は遅かったのだな」

両手を土で汚したままなので抱きついたりはできないが、傍まで駆けて近づいた。顔を合わせれば照れくさいかと思った。だが会えてうれしい気持ちが先にきて、羞恥など湧き出る隙もなかった。むしろうれしくて飛びつきたくなる。

「ああ、少し仕事があった」

テオは慌てて近くにある天然石でできた水鉢で手を濯《すす》ぐ。この水鉢の底から湧き水が出ており、常に流れていていつも冷たい。手を洗ったりするのに最適だ。

「クライド、ひとつ、頼みがあるのだが」

「頼み？」

「そうだ。僕にも……その、させてはくれないだろうか？」

テオの言葉にクライドは怪訝な表情になる。なにをするのか、それがすっぽり抜けている。あまりに気がせいてしまった。

「あ、その、僕にも、クライドがしてくれたその、奉仕を……したいのだ」

「………」

「僕ばかりがされるのは嫌だ。僕もクライドが好きだ。だから、僕にもさせ……んぐっ」

口を押さえられ途中で言葉を遮られた。それほど力の入っていないクライドの手を掴み、テオはぐいっと引き下げる。

「少し落ち着け。言いたいことは分かった。だがテオが私に奉仕するのは許可できない」

「なぜだめなのだ？　クライドは我慢していると、体で教えてくれたではないか。恥ずかしかったが……僕も同じ気持ちだ。だから、僕の我慢を教えたい」

今度はテオの口を塞がず最後まで聞いてくれたが、依然クライドの表情は苦いままだ。あれほど情熱的に態度で気持ちを伝えてくれたのに、テオの気持ちはいらないというのだろうか。

「それよりも、今日も薔薇の世話をするのだろう？　それを手伝いに来た」

「そう、だが、でも……」

「テオー！　今日もお手伝いするわ！」

今は薔薇の世話よりも大切な話をしている、と言おうとしたのだが、そのタイミングはエルシーに奪われた。なんだか今日はいつもより元気で、ガーデンに入ってきた途端テオの胸に突っ込んでくる。

「うわっ！　エルシー、ちょっとは手加減してくれないか」

「だって～クライド様に叱られたんじゃないかって心配してたのよ」

エルシーは城へ勝手に入ってしまったのを気にしていたらしい。安心させるために、叱られなかったよと教えてやると、よかったよかった、とテオの顔に頬ずりしてきた。

「まったく、あなたは騒々しいのですよ。もう少し落ち着きなさい」

ゆっくりと優雅にやってきたのは狐のラストアで、その後ろから大鷲のカミラと狼のオルグレンも姿を見せた。

「今日も全員集合だな」

テオが笑いながらそう言うと、一斉にみんなの視線がこちらに集まる。そしてまるで練習でもしたかのように、今日はなにをする？　と問うてきた。

「ぶっ！　くふふふふっ」

彼らのタイミングがあまりにも揃いすぎていたので、テオは笑いを我慢できなかった。こんなふうに声を出して笑えるようになったのは彼らの、この場所のおかげだ。心が癒やされて、心が温かくなったのはクライドを好きになったからである。

（異種族の僕を、受け入れてこの場所を提供してくれた。温かくて大きくてやさしいクライド。こんなにも好きなのにな……）

クライドに奉仕を許可されなかったのは寂しい。けれどこうしてここに来て、みんなで笑い合えるから、今はこれで我慢しようと思う。このガーデンがあればきっとみんなは遊びに来てくれるだろう。この楽しい時間はずっと続く、そう信じている。

それからもクライドに何度か奉仕について聞こうとしたが、傍にエルシーやカミラがいたので言い出せなかった。それでもクライドやみんなとガーデンで過ごす時間はテオにとって至福であり、いつの間にか笑顔が増えていた。

ガーデンに通うようになって数カ月が過ぎ、城から不規則に姿を消すテオが噂になっていた。庭師のヴァンスや世話係のライド、そして兄や父までも、テオの行動に不審を持ち始めていた。だがテオ自身は全く気づいていない。

初めの頃は辺りを見回し、森に入る前に人目がないか確認をしていた。しかし慣れた今はそう警戒せずに樹海へ入っている。城を出るとき、テオの頭の中はシークレットガーデンやクライドや他のみんなのことでいっぱいなのだ。それだけあのガーデンで過ごす時間が、テオにとって楽しく大切な時間になっている。

城のみんなが寝静まった頃、テオはガーデンへ行く準備をしていた。昼間にこっそり作ってもらったおやつを腰袋に忍ばせる。甘いものに目がないエルシーだから、きっとおいしいと言って夢中になるだろう。カミラが甘いものの摂取について説き、ラストアが食べすぎだと怒り、オルグレンが甘い匂いを嗅ぎつけて姿を見せる。そして最後には取り合いになってクライドがそれを収めるのだ。大抵がそのパターンで、それを想像すると楽しくて仕方がなかった。

夜の裏庭から樹海へと入る。足早に森の中を歩いていると、ふと違和感に気づいた。足を止めて辺りを見回す。夜だがテオには周囲が明るく見えるので、なにかがいればすぐに見つけられるのだが。

（なんだ……？　なにかが傍にいる、気がする）

耳を澄ませてみるも、葉の擦れ合う音や遠くで鳥の鳴き声がするだけだ。この気配はなんだろう、といつもと違う森の雰囲気に怖くなりながらも足を進めた。


朝食を終えたテオが自室へ戻ると、王付きの騎士、騎士団長のハグリットがやってきた。王から話があるからと、王の間へ来るよう言いに来た。いつもなにかあるときは大体は兄が顔を見せる。それなのに今日は違っていた。

（なんだろう、この嫌な予感……）

金装飾の立派な扉の前に立ったテオは、なかなか声をかけられない。戦が始まると知らされる前もこんなふうに胸がざわめく感じはあったが、今回はそれがやけにひどい。

テオは、ふう、と深呼吸すると、両開きの扉を見つめた。

「父王さま、テオハルトです。よろしいでしょうか」

ややあって、入りなさい、という父の声が聞こえた。ゆっくりと扉を開き中へ入る。広い王の間は真っ赤な壁とキラキラと煌《きら》びやかなシャンデリアが下がり、床は乳白色の大理石だ。父の王座は数段階段を上がった先にあり、背もたれの大きな凝った装飾の施された椅子は黄金に輝いている。

父の右隣にはヘクターが立ち、その反対側にはハグリットが立っていた。なにやら物々しい雰囲気に、テオの鼓動は重苦しく打ち始める。左手を胸に当て、軽く頭を下げたテオは顔を上げる。

「父王さま。僕にお話とはなんでしょうか？」

「そうだな。お前にはいろいろと聞きたいことがあったのだが、それは庭師のヴァンスが全て話してくれた。そのおかげで、計画は先に進められそうだと、それを伝えたかった」

テオにはなんの話だか分からず、きょとんとした顔で父を見つめた。両側に立つ二人の表情もなんら変化はない。

（なんだ？　ヴァンス？　どうして父の口からヴァンスの名前が出てくるのだ？）

どんなに考えてもテオには予想がつかなかった。アームレストに腕を置き、足を組んだ父が鋭い視線をテオに向ける。

「計画、とはなんなのでしょうか？」

「以前、マスルニアの貴族と話したのを覚えているか？　確かお前もいただろう。バラシア樹海に獣人王がいる、とそんな噂話だ」

父の言葉に体がビクンと強ばり、背筋がすうっと冷たくなる。なぜテオを王座に呼びつけてそんな話をするのか、その意図は読めない。

「ええ、覚えています。ですがその話と庭師のヴァンスとなにか関係があるのでしょうか」

「あるぞ。ヴァンスはこう言っていた。殿下は昼と夜と構わず樹海へ入り姿を消されます。あの樹海には獣人がいるというのに、毎日無事に帰ってこられる。もしかしたら獣人と馴《な》れ合っておられるのではないか、と」

父がなにかを探るような口調と目で、ヴァンスの話し方を真似《まね》た。だがヴァンスがそんな言い方をしたとは思えない。おそらく父に強く問われて言わされたのだろう。

（ヴァンスに気づかれていても仕方がないと思っていたが、まさか父がヴァンスと口を利くなど……）

プライドの高い父が庭師などと話すとは思えない。だが、獣人の噂が絡んでいるとしたら、ヴァンスに圧力をかけて聞き出した可能性はあると思った。

「ヴァンスが、そう言っていたのですか？」

「そうだ。お前が薔薇の苗を持って樹海へ入っているのを、ヴァンスは知っていたはずだ。だがそれを報告せず隠蔽《いんぺい》しようとした」

「隠蔽……」

「私が聞いたとき、なにも知らない、なにもしていない、と言ったのだ。それは隠蔽に値するであろう」

父が王座から立ち上がった。上から見下ろされ、その威圧するような迫力に圧倒される。ゴクリと喉を上下させ、テオは無意識に一歩後ろへ下がっていた。

「ヴァンスには暇を取らせた」

「……！　そんな！　ヴァンスはこの城で一番庭を知り尽くしているのですよ！　それに一番長く勤めています！　そのヴァンスを、城から追い出したのですか？」

「城の中で私が知り得ない事実がひとつでもあってはいけない。私がこの城の王だからだ。それは家族とて同じだ。テオ、お前は私に隠しごとをしていただろう？」

「……だとしたら、どうなのですか。僕をこの城から追い出しますか。ヴァンスのように」

「いつの間にそれほど言うようになった？　私の前ではいつもしゃべらず従い、意見などしなかったお前が」

ゆっくりと父が階段を下りてくる。怖くて仕方がなかった。足が震えていて、奥歯を噛みしめていないとガチガチと音が鳴りそうだ。

「ではお前の口から聞かせてもらおうか。バラシアへなにをしに入っていたのだ？　あそこにはなにがある？　知っているのだろう？」

ぬうっと伸びた父の手が、テオの細い顎を摑み上げた。強引に上を向かされて、真正面から目を覗き込んでくる。嘘を吐けばすぐに分かるぞ、と無言の圧力があった。

（真実を言えば、父は……樹海へ入るのだろうか。だが言わなければ……ヴァンスと同じく城を追われる身に、なるのだろうか）

だとすればテオの選択は、決して言わずに口を噤む方を選ぶ。あの樹海にジェスターがあると、教えてしまえば父は確実に樹海へ入るだろう。美しいガーデンも長老たちが住むガリエンの自然も、クライドの城も全て……。

「なにも、ありません。僕は、なにも知りません」

テオが父を睨みつけるようにして答えた。父の鋭い瞳がなにかを疑うように細められ、テオの顎を乱暴に解放する。

「やはり言わぬか。まあいい、もう調べはついている。最後に、お前の口からそれを聞けたなら、手加減してやろうと思ったが」

「え……、な、なに、どういう意味ですか」

父がハグリットに目配せする。なにも言わずとも彼は歩き始めた。それと同時に父が玉座へと戻る。

テオの目の前にハグリットが立った。大きく威圧的な体躯《たいく》は、戦場にいるときほどではなくても圧倒される。息を飲んでハグリットを睨み上げて一歩下がった。

「お部屋までご一緒いたします」

「……一人で、帰れる。もう子供ではない」

テオの声が王の間に響く。こうまで反抗したのは初めてだ。自分でも驚いている。だがここで言わなければ、大切なものは守れない。逃げて全てのものから背を向けても、なにも解決はしないのだ。

「バラシア樹海にある、獣人の国へ侵攻する。終わるまでお前は部屋にいろ。外出は許さない。私が城に帰った頃には、不老不死になっているだろう」

信じがたい計画だった。まさか父が獣人の国、ジェスターの存在に気づいていたなど想像もしなかった。

(いや、そうでもないか。僕が油断したのだ。あれほど頻繁に森へ入って、気づかないわけがない。ヴァンスは強制的に口を割らされたか……)

父がこうしてテオに話したということは、本気でそれを実行する気なのだろう。だとしたら、テオがなにを言っても止められない。それだけは身をもって分かっている。ならば今テオにできるのは、クライドに父が森に侵攻すると伝えるしかない。

「おや、驚かないのか？　あの樹海に獣人が住んでいると、まるで知っているような顔だな」

「………………っ！」

否とも言えず、テオはぎりっと唇を噛んだ。今ここで問答をしていても、事態はよくならないと判断したテオは、父に背を向けて歩き出した。その後ろをピタリとハグリットがついてくる。

王の間を出ていくテオに、父も兄もなにも言わなかった。兄がどう思っているのかを知りたかった。だがあの場で意見しないというのは、父のしようとしている行為に異存はないと解釈するしかない。

テオにはやさしい一面を見せてくれた兄が、どうしてこの状況になにも感じないのかが不思議だった。戦はなにも生まない。憎しみと悲しみと、痛みと絶望しかないのだ。そんな父に従う兄の真意が分からなかった。

(僕はもう嫌だ。戦も、大切な人を失って悲しみに暮れるのも……)

母を失ったときのつらさも、あのテントで消えゆく命を助けられなかった無力さも、全てテオの心の中に色濃く残っている。

自室に向かってテオは歩いていた。背後にはハグリットの足音が聞こえている。彼の不意を突いて走り出したとしても、きっとすぐに摑まってしまうだろう。

(だったら、部屋に入ってから抜け出そう。それしかない)

自室の前までやってきて扉を開ける。中はカーテンが閉められていて暗い。ハグリットが部屋に入り、壁にかかった燭台に火を灯していく。不意に明るくなったその光に目を細めた。ハグリットが窓やワードローブなどを確認し始める。

「抜け道などない。なにをそれほど警戒しているのだ」

「…………」

「僕は抵抗もせず部屋まで来ただろう。父を止められないともう理解している。――ハグリットはどう思うのだ? 父のしようとしている侵略は、正しいと思うか?」

薄明るくなった部屋で、テオはカウチに腰を下ろした。ハグリットはこちらに背中を向けてカーテンを少し開け、窓の外を確認している。

「私は陛下付きの騎士です。陛下がそうなさるというのなら、それに従うまでです」

分かりきっていた返答に、いっそ笑いが込み上げる。少し前までのテオもきっとそうだった。父が望むなら、父がそうしろというから、全てに従ってきた。自分という意識を胸の中にしまい込み、苦しくて壊れてしまいそうなのに見ないふりをしてきた。

「ですが……」

少し沈黙したあと、ハグリットが口を開いた。ピクンと反応したテオはハグリットのいる方へ耳を傾ける。

「戦が好ましいとは思いません。命の重さは、等しくあるべきだと思うからです。これは私個人の考えですので、陛下に対しての忠誠とは関係ありません」

テオは振り返る。カーテンを閉めたハグリットはまだこちらに背中を向けていた。目を見開いてその背中を見つめ、予想もしなかったハグリットの言葉を聞く。

「ならば、その窓を開けてはくれぬか。人も獣人も、命は等しいと思うのだろう？」

テオは急《せ》くように立ち上がった。同じタイミングでハグリットも振り返る。彼の鋭い視線は王の間にいたときと変わっていない。

「私個人の思いと、陛下への忠誠とは違います。私は騎士団長であり王付きの身。ご理解くださいませ、殿下」

「ハグリット……」

一瞬だけ垣間見《かいまみ》た彼の葛藤に、テオはもうなにも言わなかった。王に従い動くのが仕事なのだ。そこに私的な気持ちなど挟む余地はない。

「そうだな……悪かった」

テオは静かに腰を下ろした。窓の鍵《かぎ》を開けておきたくても、彼にはそれができない。

「どのくらいこの部屋にいればよいのだ？」

「分かりません。戦の準備が整うまで、とおっしゃっておいでででした」

「そうか。分かった」

数日は部屋から出るなということなのだろう。

ハグリットが部屋から出ていくと、テオはまずは窓に近づいた。あれほど熱心に確認していたのだから開くはずもないだろうが。カーテンの隙間から覗き込む。

（外から……）

窓枠の中央部分には、いつの間にか新たに錠がかけられてある。

（僕を王の間に呼んでいる間、手早くつけさせたのか。仕事が早いな……父上）

珍しく王の間に呼ばれたのは、これを取りつけるためだったと知ってやりきれない気持ちになる。確認すると全て窓に錠がついていて、中からこっそり開けて出るのは難しそうだった。ならば、と廊下に繋《つな》がる自室の扉をそっと引く。さすがにここは開くだろうと思ったがだめだった。テオの手が届かない高い位置に錠がつけられているようだった。

「殿下、どうかなされましたか」

扉の外から声がする。部屋の外に見張りまで立っていたらしい。

「いや、どうもしない。食事は、いつになる？」

「もうしばらくかと思われます」

「……そうか」

扉から離れて、部屋の中をうろうろと歩き回る。食事さえ部屋に届けば、他は不自由しない。部屋から出る口実があればいいのだが、といろいろと考えたがだめだった。

そうしているうちに翌日の朝を迎えた。扉の外が騒がしいのが気になる。戦のための準備が着々と進められているのだろう。

(どうすればいい。どうしたらこの場所を抜け出せるのだ)

力尽くで突破したところで無謀すぎる。なにかいい案はないかと考えているうちに、数日が過ぎてしまった。手を拱《こまね》いているうちに、父とクライドはぶつかってしまう。

ワードローブの小部屋に移動したテオは、そこにある小窓から下を覗く。鉄格子の塡《は》められたそこは、かろうじてテオの細い腕が出るくらいだ。

(誰でもいい……。誰かっ)

必死の思いで小さな紙を折りたたんでそこから外へ投げ捨てた。裏庭なら庭師の誰かが拾うかもしれないと思ったのだ。ヴァンスはもういなくなってしまったが、それでも一縷《いちる》の望みに懸けたかった。

小さなその紙には、テラス窓の鍵が壊れたので見に来て欲しい、と書いた。誰かが拾って不審に思い見に来てくれれば、と考えた。朝と昼、一日に何度か紙を落とした。だがなかなかそのときはやってこない。このままでは本当に間に合わなくなってしまう。

「……クライドっ」

なにもできない無力な自分が腹立たしい。いつも肝心なときに、神に祈ることしかできない。そんな自分がもどかしく腹立たしい。テオはテラスの前で両膝をついた。胸の前で指を組んで夜空に上がった丸い月を見上げる。

「どうか、ジェスターのみんなをお守りください。僕の全てを差し上げます。だからみんなを、守ってください……母さま、お願いします、お願い……っ」

静かに目を閉じたテオは、脳裏に浮かぶクライドやエルシーたちの姿を思い浮かべる。願うのはみんなの無事しかない。戦などこの世からなくなってしまえばいい。争いほど愚かな行為はないのだ。

首から下げたお守りを取り出したテオは、それを握りしめて天国にいる母に祈った――そのときだった。

「殿下……」

窓のガラスをコツコツと叩《たた》く音とともに、囁《ささや》くような声が聞こえた。目を開くと、そこには見知らぬ中年の男性がおり、しゃがみ込んでこちらを覗いている。

「もしかして、僕の落とした手紙を見たのか？」

細い針金のようなものを懐から取り出し、窓枠につけられた錠を弄り始めた。

「はい。遅くなってしまいました。私はロキドといいます」

ガラス越しにひそひそと会話をしていると、カシャン、と錠が外れる。男と目が合い、頷き合う。

「この城では見かけない顔だが……」

「私はこの城の新しい庭師です。ここに来る前、ヴァンスさんに会いました。そして殿下のことを頼まれたのです」

「新しい庭師……？　父上の手早さには言葉もないな。それで、ヴァンスは怪我などしていなかったか？　なんと言っていた？」

我が父ながらあまりの周到さに感心してしまう。なにもかもテオが知らないうちに進んでいたのだと思い知った。

ヴァンスと会ったというこのロキドに、彼の現状について聞いた。怪我はないということで、父に手荒な真似はされていないと分かっただけでホッとする。

「これをかけてください。今のお召しものではさすがに目立ちます」

ロキドがフードのついた黒のマントを差し出してくる。テオはそれを手に取り、素早く体を覆った。

「ヴァンスさんは、殿下の手助けを頼むと言っていました。それから殿下に、申し訳ない、と謝って欲しいとも。自分が陛下に全て話してしまったのを悔やんでいたようです」

「やはりヴァンスは僕がどうして樹海へ入るのか、知っていたのか。……まぁ、あれほど頻繁に行けば、気づかないはずもないな」

さらには薔薇の育て方を聞き、苗をこっそり持ち出し、剪定の道具まで拝借していたのだ。

「ヴァンスさんとは昔からの知人で、庭師の師匠でもあります。なので城で仕事をさせていただけるのは光栄でした。ですが、私の家に直接ヘクター様がお見えになったときは驚きました」

「兄上が?」

「はい、ヘクター様がこの城の庭を管理しろと言いつけになりまして」

そこまで聞いたテオはなんとなく繋がりが見えてきた。樹海へ入る理由を薄々知っていたヴァンスと、その友人の庭師を急遽《きゅうきょ》迎え入れた兄。おそらくここは繋がっているのだ。

（兄上……）

王の間で父の隣に立っていた兄は表情ひとつ変えず、まるで全てを知っているかのような態度だった。それは獣人の森へ侵攻する計画を知っていたのもあるが、こうしてテオに手を貸す算段までつけていたのだ。

（父上よりも悪知恵が働くということか）

兄の不器用なやさしさを受け取ったテオは、ロキドと向かい合ってしゃがんだまま辺りを見回した。

「偶然にも殿下が落とした手紙を私が拾い、それで今夜こちらへ参りました」

「そうだったのか。本当に助かった。礼を言う、ロキド」

テオの言葉にロキドは驚いた顔を見せた。しかしすぐに照れくさそうな笑顔を見せる。

「今日は月の光が明るいです。見つからぬよう、お気をつけください」

「分かった。すまない、ロキド」

力強く頷いたテオは、テラスの階段を静かに下りる。裏庭には人の影はない。夜空を見上げ、月の明るさを心配しつつ樹海に足を踏み入れた。

いつもよりも早足で、しかし周囲を警戒しつつシークレットガーデンを目指す。テオの進む方向にある木々や草がいつものように左右によけていく。しかしいつもならとっくにガーデンへ着いてもいいはずなのに、まだなにも見えない。

（おかしいな。今日はすごく遠くに感じる）

テオは駆け足になって森の中を進み始める。その速度に合わせて木々がよけるのに、まだ到着しない。はぁはぁ、と息が切れて、胸に嫌な予感が広がっていく。気のせいだと言い聞かせてそれを振り払い、思わず足元がふらついたとき、なにかが近づいている気配を感じ足を止めた。

（なんだ？　この感じ、前にもあった……）

少し前、同じようにガーデンを目指しているときにも感じた気配だ。辺りは月明かりでいつもより明るく見える。夜目が利くようになったテオは目を凝らす。しかし別段変化はないようだ。

（気のせい、か？）

そう思って足を進め、少し開けた場所までやってくる。そのとき目の前の木陰から黒い影がぬっと姿を見せた。あまりに至近距離だったので驚いて足を止めた。姿を見せたのはなんとクライドだ。その後ろにはオルグレンや他の獣人たちの姿がある。こんな場所で顔を合わせるなんて初めてである。

「え……っ、クライド？　どう、して……？」

彼がいつもと違うのは見てすぐに分かった。普段は濃い緑のマントに濃紺の衣服を身につけている。しかし今は、他の獣人もみな鎧《よろい》を身につけていて、物々しい彼らの姿を見るのは初めてだった。

　黒い艶《つや》のある刺々《とげとげ》しい鎧を纏《まと》い、胸を守るフォールドや腰から下がっているタシットも強靱《きょうじん》な鋼鉄のようなものでできているように見えた。足をカバーするグリーブも腕を守るガントレットにも、鋭く尖った大きなスタッズがついている。

「あ、の……」

　あまりのことに驚いたテオは、ただその場に立ち尽くしてクライドを見上げている。彼の背中には武器のグリップらしきものが二本伸びていた。そして彼らの視線はテオではなく、その後ろを睨みつけている。

「この森にそなたが入った頃から、ずっとこの兵士たちはついてきていた。陰気で攻撃的な気を纏っていた」

「な、に……」

「戦いを挑むというのなら、我々は迎え撃つのみだ」

　クライドの視線がテオの頭の上を通り過ぎ、その後ろの誰かに話しかける。ハッと振り返ると、そこにはさっきまで誰もいなかったはずなのに、父と兄の姿がある。戦場で見慣れた鎧を身につけ、手には剣を握りしめている。その周りには数十人の兵士が戦闘態勢で迫っていた。

「え……父王さま？　兄上……？」

意味が分からなかった。どうしてこの場所に大人数で戦闘態勢でいるのか。これほどの人数を見つけられなかったのか。目の前にいるクライドがなぜ鎧を身につけ、これまでに感じたことのない怒りのオーラを纏わせているのか。

（さっき感じた気配は……これ、だった？）

父とクライドを交互に見やっていると、ウルリヒがじりじりとこちらに迫ってくる。この場所はきっとまだジェスターに入っていない。そしてクライドが立っているその先が結界を張った内側なのだ。

「父王さま！　どうしてここに、おられるのですか！」

テオは父とクライドとの間に入った。険悪で凶暴な雰囲気は、テオが一番嫌いな空気だ。開戦前のピリピリした尖った肌を刺すようなそれをよく知っている。

「私がお前の考えを読めないとでも思ったか？　必ず樹海に入ると確信していた。そしてタイミングを待っていたのだ」

「そ、んな……」

頭の中はクライドでいっぱいで、父の考えているその先を予想できなかった。なんとい

うことだ、とテオが言葉を失っていると、父の視線がクライドに向く。

「そなたが獣人王か？　見るからに王の空気を匂わせているな。これほどまで簡単に獣人を見つけられるとは思わなかった。これも、息子のおかげだ」

ニヤリと嫌な笑みを浮かべた父が今度はテオの方を見やった。このとき初めて自分が父や兄たち、他の兵士たちをクライドの住むジェスターに案内したのだと気づいた。

「そんな……跡を、つけたのですか……っ！」

驚きと失望の眼差しを父に向ける。そして本意ではないのだと知ってもらうためにクライドの方を見やった。だが彼はテオを見ない。

「お前が毎日、時間を見つけて通っていたこのバラシアに、獣人がいるのは噂で知っていた。熱心に通う息子の目的を、父としてそれは確認しなくてはいけないだろう」

父親としての務めだと、そんな言い方だった。しかし王として従いはしても、父としての敬いはもうテオにはなかった。子供の頃にあった純粋に父を慕う心は、父がテオを戦場に連れていくにつれて擦り切れてなくなってしまったのだ。そんなことなど父は想像もしないのだろう。

「父として？　確認？」

攻撃を仕掛けようとしているくせに、ここに来てまで父親風を吹かせるウルリヒが心から憎らしいと思った。

「そうだ、テオ。父が息子の行動が予測できないでどうする」

「父王さま……なぜ獣人族に戦を仕掛けるのです？　彼らは僕たちの領土を荒らしてもいないのですよ⁉」

ここで父を止められるのは自分しかいないと思った。一触即発の状態でテオにできるのは、父を説得しクライドに本意ではないと知ってもらうことでしかやめさせる術《すべ》はない。

「獣人王の血には、不老不死の力がある。私はそれを手に入れに来た」

「…………っ！」

いつかの夜会で父が話していたあの噂だと思い出した。まさか本気にしていたとは驚いた。だが真実は違う。父の信じるような効能などない。

「父王さま。それは間違っています。獣人王の血にそのような効果はないのです」

クライドが教えてくれたのは、自らの血が恐ろしいということだった。そしてクライド自身も、自分の血が命を奪ってしまうほどの力がある事実をよく思っていない。

「テオ、お前はそれについて知っているのだな？　王の間で尋ねた際、お前はなにも知らないと言った。私に、王に嘘を吐いたというのか」

ギロリと父がテオを睨みつける。今までならそれだけで怖くて足が震え、なにも言えなくなっていただろう。だが今は違う。怖がっていてはなにも守れない、なにも変えられないと知っている。

「僕はもう、戦いは嫌です。誰も傷ついて欲しくないのです。それは人も獣人も同じです。確かに、獣人王の血の秘密を知っていますが、決して不老不死にはなれない」

「この私に嘘を吐く息子の言葉を、どうして信じられるのだ」

この人はもうだめだ、とテオは思った。父でありリカドールの王であり、母マリアナの夫であるこの人は、戦の亡霊に取り憑《つ》かれている。

このままではまた多くの血が流れてしまうだろう。

ウルリヒがいる限り、それは永遠に続くのだ。

もう今しかない。この瞬間に自分を押し通さなくて、いつできるのか。

本気でクライドの住むこの国を守りたいとテオは思っている。

戦をしないで欲しいと願っている。

「そうは、させない……」

クライドの血が毒であるとこの場で認めさせない限り、ウルリヒは退かないだろう。だとすればテオにできるのはひとつしかない。

もうそれしかないのだ。

ウルリヒとクライドの真ん中くらいに立っていたテオは、くるりと反転してクライドのいる方へ歩いていく。そして強靭な鎧に身を包んだ彼を見上げる。闘気に満ちたクライドのオーラは痛いほどテオに刺さってきた。それでもこうするしかなくて、クライドの大きな手を摑んだ。

「テオ……？」

クライドの声を聞いてニコリと微笑んだ。

摑んだ手を振り払わず、テオにされるがままでいてくれる彼に感謝する。

「すまない、クライド」

愛しいものを見上げる瞳で微笑み、やわらかなその肉球に思い切り嚙みついた。

「…………っ！」

テオの行動に周りの空気が凍りつく。ぶちっと鈍い音が聞こえ、歯に肉の裂ける感触が伝わってくる。

テオを振りほどこうとして腕を上げたクライドにしがみついた。嚙みついたその場所からあふれる血をゴクリと飲んだ。

一瞬で口の中が痺れる。

喉の奥も腹の中も熱く焼けるようだった。

「テオ！　やめろ！　なにをする！」

　クライドが必死にテオを引き剝がしにかかる。あふれた血でテオの口元は赤く染まった。飛び散った血がテオの髪も赤く染める。

「離せ、テオ！」

　クライドの大きな手がテオの腕を引っ張る。周りの獣人たちもテオを引き離したいのだろう。だがその血がどれほど毒性があるかを知っている彼らは、近づきたくてもできないでいるようだった。

（僕が、証明する）

　瞼《まぶた》は開いているのに目の前が暗くなり始めた。クライドの叫ぶ険しい顔がゆっくりと見えなくなっていく。

（ああ、もうクライドの顔が見えなくなった。——許してくれ。こんなことをして本当に、すまない）

　テオの目から涙があふれて零れ落ちる。けれどそれとは別に、ポタポタと滴のようなものが顔に降り注いでくる。

（クライド、泣いてるのか？）

　手で涙を拭ってあげたかった。だがテオにはもうクライドの姿は見えない。嚙みついていた口を離すと、逞しい腕に体が支えられる。

「なぜ……なぜこんなことをしたっ」

悲痛なクライドの声が聞こえた。顔についている血を必死で拭き取っている感覚がある。テオは重くなった手をゆっくりと持ち上げた。すると指先にやわらかい感触が触れる。

（ああ、これはクライドの鬣。やっぱり気持ちいいなぁ）

思わず口元に笑みを浮かべていた。

「ク、ライドの、血は……毒、だ、と……父に、わ、からせ……る、のだ……」

ちゃんと声になっているのか分からなかったが、テオは懸命に話す。ドクドクと心音が体内で響き渡り、胸の中で心臓が暴れ回っているような感覚だった。

「こんな、方法は……あんまりだ、テオ。死ぬな、死ぬんじゃない！」

鬣を撫でていた手が握られる。触れたのはクライドの頬だった。そこはしっとりと濡れている。

クライドの血を飲めば死ぬと教えてくれたのは彼だ。飲めば死ぬのは知っているはずなのに、死ぬなと叫んでいるクライドの矛盾した言葉におかしくなる。

「泣、くな……。クラ、イド。僕を、忘れ、な……で……ずっと、好き、だ、か……っ」

クライドの言葉にならない、雄叫《おたけ》びのような声が響き渡る。だがその次の瞬間、辺りから聞こえていた音が徐々に遠ざかっていき、とうとう無音になった。

（クライドの声も聞こえない。もう、なにも、聞こえなくなった）

体を強く抱きしめられて、肌に触れるクライドの温かさと甘い香りを感じる。もうテオはなにも伝えられない。しかしこれで父はクライドの血を求めはしないだろう。

（兄上、お別れの言葉も言えずに、ごめんなさい）

もう謝罪の言葉も告げられなくて、テオはボロボロと涙をあふれさせた。そしてとうとう、口の中に広がっていた鉄臭い血の臭いが少しずつ消え始め、嗅覚《きゅうかく》と触覚さえもなくなるのかと、命が燃え尽きるのを感じていた。

体を支えてくれているクライドの手の温かさが、じわじわと遠のいていく。

（力が入ってるのかどうかも、もう分からぬな。怖い、クライド……とても怖い）

全ての感覚がテオから抜けていく。クライドに手を握られているのかさえ分からなかった。ただあるのはテオの意識だけだ。

五感がなくなっていく、と言っていたクライドの言葉は本当だった。ただひとつよかったのは、のたうち回るほどの痛みがないことだ。

命がゆっくりと削られていく感覚は恐ろしい。だが最後にクライドの顔が見られた。抱きしめられて、大好きな鬣に触れられた。それだけがテオの救いだった。

（次は、どうなるんだっけ……）

クライドがどう説明してくれたかを思い返すも、脳裏にあったその姿は霧がかかるように白くなっていく。エルシーもラストアもあの美しいガーデンで過ごした忘れがたい記憶が、全て白く塗り潰されていくようだった。

（ああ、消えてしまう。全部、消えていく……忘れたくない。クライドを、みんなを──）

クライドを好きな気持ちも、自分が何者なのかも、もうテオにはなにも分からなくなっていく。

ただ静かな場所に漂う魂のような状態で、最後に思い出したのは白くふわふわした手触りの鬣と温かくやさしい気持ちだった。

第六章　愛するもの

樹海に大地を揺らすような、悲しみに満ちた王の叫びが響いていた。クライドの腕の中で、テオの体から熱がゆっくりと消えていく。周りの獣人も驚いて声もない様子だった。

「テオ！」

名を呼びながら駆け寄ってきたのは長い銀髪の騎士だ。もう少しでテオに触れそうになったとき、クライドはその男に向かって野獣の声で威嚇《いかく》するように吠《ほ》えた。

辺りの空気がビリビリと震え、木々がざわつく。先ほどまでテオと話していたリカドールの王も銀髪の男も、全身を強ばらせて怯《ひる》んだ。

「私の血に触れるな。テオのように、命を落としたいか！」

クライドの言葉に銀髪の男が後ずさった。だが悲痛な表情のままでそこに立ち尽くし、テオを見つめている。

「獣人王……お前の血に不老不死の効力はないのだな」

まるで独り言を呟くようにしゃべった銀髪の男は、ゆっくりとその場にへたり込み両手を大地についた。先ほどまであった殺気も闘気も全て消え失せている。

「テオ、ハルトは、私の、弟だ……」

男の顔はまるで泣いているように見えた。しかしその青い瞳から涙は零れていない。深い絶望に滲んだ目は、涙を流すよりも悲しんでいるように見えた。

「本当なのか……獣人王の血に、不老不死はないのか……」

テオの父という男が落胆したように言い放った。クライドはテオの体を横向きに抱え上げた。そして険しい視線をリカドールの王に向ける。

「我が子が身をもって証明した現実を、まだ疑うのか？　テオが命を捨ててまで伝えたかったことが、お前たちには分からないのか？」

「…………っ！」

クライドの怒りと悲痛に滲んだその言葉は、リカドール王の口を噤ませた。

「テオは戦いを嫌っていた。争いを血の臭いを嫌っていた。それでも戦場に出たのは、父に愛されたいからだと言っていた。そんなテオにお前は、王としても父としてもなにひとつ愛を与えなかった」

それがこんな結果を生んだのだ、とクライドは続ける。なぜテオが死ななければいけなかったのか。なぜこれほどまでに苦しまなければいけなかったのか。

動物が好きで、植物が好きで、やさしく繊細な心の持ち主であるテオ。

その彼がたったひとつ求めたこと、愛されたい、それが望みだった。

クライドは腕の中でぐったりするテオの顔を見つめる。口元はどこか微笑んでいて、今にも目を開きそうに見えた。

「テオ……」

座り込んでいたテオの兄が立ち上がった。一歩こちらに歩み寄り、手を差し出してくる。意味が分からずにクライドはそれを見つめて黙っていた。

「テオは私の弟だ。亡骸《なきがら》を返して欲しい」

腹から熱いマグマのような怒りが噴き出しそうだった。テオとは似ていないこの男が兄でなければ、いますぐにでも頭から齧《かじ》りついて八つ裂きにしてやりたい気持ちだ。だがテオを抱いている手にグッと力を込め、その荒ぶる気持ちを抑える。

「返すことはできぬ。テオの体についた私の血には毒性があると教えたはずだ。それに、テオが争いばかりを好む父のもとへ、帰りたいと望んでいると思うのか？」

こちらに差し出していた手がピクッと反応した。手の平が拳《こぶし》に握られ、震えながら下ろされていく。それを見届けたクライドは、テオの体を抱えたままゆっくりと後退する。

「この森から去れ。私たちに構うな。そうすれば争いは起こらない。テオが最後に望んだ

願いだ。――争いをやめろ」

リカドールの王も顔色をなくしており、戦意は喪失している。ただ呆然とその場に立ち尽くし、クライドがテオを連れて森へ消えていくのを黙って見送っていた。

◇　◇　◇

テオは色とりどりの花が咲く草原に立っていた。ゆるゆると流れてくる空気は、花の甘い香りを運んでくる。温かく穏やかで、それはテオの気持ちと同じだった。自分がどうしてここに立っているのか思い出せない。

そしてふと背後に気配を感じて振り返る。すると丸く白いテーブルを囲むように、誰かが座ってお茶を楽しんでいた。この場所がどこなのかを聞きたくて近づくと、女性ともう一人は獣人だ。

「すまないが、ここがどこか教えてくれないだろうか？」

テオが話しかけるとその女性が顔を上げる。真っ白で飾り気のないドレスを着た美しい金髪に青い瞳は、テオのよく知っている人物だった。

「母上……？」

「テオ、久しぶりですね」

太陽のような香り立つ笑顔を見たテオは、胸の奥が温かくなるのを感じていた。こんな場所に母がいるなど思いもしない。そしてふと気づいた。母と同じ場所にいる自分は、もしかしたら死んだのではないかと。そうでなければテオの幻想か夢である。

「母上、お会いしたかった……」

母の手を取りその甲に口づける。ずっと母に会いたかった。ようやくこの日が来たのかと、テオの胸に安堵の気持ちが広がる。

手の甲にキスをしたテオが顔を上げる。隣に座っていた獣人が母の後ろに立っていた。白く長い耳が頭の上から伸びていて、黒のタキシード姿のその獣人は母の肩に手を置いている。

「私はテオに会えるのはもう少し先だと思っていたわ」

予想外の返答に驚いた。なぜ今ではなくもう少し先なのだ？　とそんな疑問が湧き上がる。早く母に会いたいと思っていたテオの願いは叶ったのに、寂しそうな顔をされてしまった。母の右手が肩に乗った獣人の手を握りしめる。この二人の間にある空気はやさしく穏やかだ。

「母上？」

「あなたはまだここに来るべきではないのよ。私は見つけたわ。私を本当に愛してくれる人。愛したいと思う人を」

母が後ろに立つ獣人を見上げる。その瞳は愛しいものをとても大切に思い、幸せを感じている表情だった。

「その獣人は、どなたですか、母上」

母の青い瞳がテオを見つめた。そして彼女の口からそれが語られる。

テオの母、マリアナはリカドールの城下町であるハボンに生まれ育った。裕福ではなかったマリアナの家は、生計を立てるために樹海へ入り薬草を摘《つ》み、それを売って生活していた。しかしそれには大きな危険を伴った。樹海で行方不明になったり、獣人に連れ去られたりする。だがその危険を承知で、生活のために樹海に入る人が数多くいたらしい。

その日、マリアナはいつものように樹海へ足を踏み入れた。だが途中で雨に降られ、足を滑らせて滑落した。マリアナの怪我は酷《ひど》く、何日も生死の境を彷徨《さまよ》ったという。

「母上のそのような話は、初めて聞きました。僕はまだ小さかったし、兄上は覚えているのですか?」

「いいえ、私自身も覚えていなかったのよ」

「え?」

「意識が戻ったとき、私の目の前にはタリクがいたわ。しばらく獣人の国で匿《かくま》われたけれど、王様に見つかってしまったの。私は全ての記憶を消されて樹海から出されたわ。そのとき偶然、私を見つけたのがウルリヒ王だった」

マリアナは後ろに立つ獣人の胸に頭を預ける。テオはその様子から彼がそのタリクなのだと思った。母の生い立ちや父と出会った経緯を聞かされ驚いた。

「母上と父王さまがどのように出会ったのかなど考えもしませんでした。それから、想像以上に驚きました」

「そうよね。私もここに来て全て思い出したのだもの。ウルリヒ王は私を見初めて結婚して、すぐにあなたが生まれた、そう思っていたわ」

でも違っていたみたい、と母が続ける。

「え？　どういうことなのですか？　僕の父はウルリヒ王ではないのですか？」

テオがそう聞くと、母はにっこりと微笑んだ。

「テオ、あなたには人とは違う力があるでしょう？　それはタリクの力よ」

母がなにを言っているか分からなかった。夢だからあり得ない展開になっているのだろうか、とそんなふうにさえ考える。

「ウルリヒ王と会ったとき、私のお腹にはすでにあなたがいた。あなたの父親はこのタリクよ。だからあなたには半分だけ獣人の血が入っている。治癒の能力があるのはそのため」

「やはりこれは夢なのですね。だからそんな……」

テオがそう言うも、母はニコニコと微笑んでこちらを見るだけで否定も肯定もしない。

「まさか……そんな、僕の父が……獣人？　本当なのですか？」

「テオ、あなたを愛してくれる人を大切にしなさい。そして愛しなさい。あなたにはそういう存在がいるはずよ。だから、あなたは戻るの。戻って愛する人を腕に抱きしめて」

母にそう言われ、テオの胸の中に温かいなにかが広がっていく気がした。両手で胸を押さえ、懐かしさと愛しさに体が熱くなる。

「私は幸せよ。タリクと二人でとても幸せに暮らしている。あなたも帰りなさい。あなたのいるべきところへ」

「……僕、行きます。行かなくては」

テオは母の手にお別れのキスをする。タリクとマリアナのやわらかな視線を感じながら、テオは二人に背を向けた。

一陣の強い風が吹き耳元で風切り音がゴウ……と鳴る。ぎゅっと目を閉じて風から顔を逸らした。そしてどこまでも続く花畑の中を、向かい風を全身に受けながら歩く。そのさきに白く光る大きなトンネルを目指して——。

白い光がテオの全身を包み込み、その中に意識も全て吸い取られていった。

◇　◇　◇

体の中が焼けそうなほど熱い。そして耳元で荒々しい息づかいが聞こえて、テオはゆっくりと目を開ける。ボンヤリとなにか見えるが、ピントが合わずなにか分からない。何度か瞬きをすると、そこには見たことのない景色があった。さっきいた花畑ではなく、どこか広い部屋の天井のようだ。窓は見当たらないが、百合模様の壁には燭台がいくつもかかっていて、辺りはオレンジ色の光が満ちていた。

「……な、に」

完全に覚醒《かくせい》したテオは、目の前に迫る真っ白で大きな獅子の顔に驚いた。琥珀色の瞳がこちらを見つめて、キラキラと輝いている。

「テオ……目覚めたか、テオ……」

切なげに名を呼ばれ、その途端、太く力強い腕に抱きしめられる。やわらかな鬣がテオの頬に触れた。その瞬間、あの花畑で感じた強い風音が聞こえたような気がした。どこかへ連れ去られそうなほど強靱な風だ。しかし乱暴でも狂気でもない、威厳と尊厳に満ちた風はテオに記憶の一部を取り戻させた。

「ク……ライド」

掠れた声は小さかった。けれどクライドの尖った耳はピクピク動いている。母の言っていた愛する人、それはこの白い獅子王クライドだ。なぜだか唐突にそう思った。

重い腕を持ち上げてクライドの首に回す。鬣がテオの細い腕をやさしく飲み込んだ。

「そなたを、失いたくなかった……もう二度と、もう二度とこの手から逃がさない。テオ……私の愛する人」

喉をゴロゴロと鳴らすように、クライドの低く甘い声が鼓膜に響く。テオも同じ気持ちだった。ここになぜクライドがいるのか、自分はどうなってしまったのか、そんなことはどうでもよかった。ただ腕の中に大切な人がいる、その事実だけでいい。

「そなたから血の毒を抜くのに、こうしなくてはだめだった。意識のないそなたにするのは心苦しかったが……」

テオの首筋に顔を擦りつけるようにして甘えて、クライドがゆっくりと上半身を起こした。テオに体重がかからないよう両腕で自身の体を支えている。

「ど、して……そんな、顔、するのだ？」

離れていった鬣を触りたくて手を伸ばしたが、ようやっと自分の状況が見えてくる。テオはなにも身につけていない。そして大きく広げた足の間に、クライドの体が置かれているようだった。

ドクドクと体の中で熱いものが息づいている。気のせいではなく現実だ。

「あの毒は、私の体液でなければ解毒できぬ。だから、そなたが目を覚ます間、こうして注ぎ続けていた」

「な？　や、ああっ！」

ズクンと下腹部が疼いた。クライドの腰、下半身から伸びる太く長いものが自分の中に入っている。それを目の当たりにすると、途端に全身に力が入った。

「テオ、力を抜いてくれ……このままでは私のものが食いちぎられてしまう」

「や、だ、わかんな……い。なに、これ、なにして、これ……っ、あんっ！」

熱を持った塊がぐりゅっと腹の中で動いた。力を抜けと言われても状況が理解できないテオには難しい。目の前には苦痛に歪んだクライドの顔がある。焦れば焦るほど力が入ってしまった。

「仕方のない……」

そう呟いたクライドがテオの股間《こかん》に手を伸ばした。力なく小さく横たわっているそれを掴み、ゆるゆると扱き始める。そしてツプリと尖った胸の先へ、まるでバターでも塗ってあるかのように舌を這わせてきた。

「あっ、あっ、んんっ……や、なに、あぁっ」

舌先で乳首を転がされるたびにジンジンと痺れ、その刺激が呼び水となって体が弛緩《しかん》する。力なく横たわっていたテオの屹立も、クライドの手の中でゆるゆると育てられた。

「気持ちいいのか？　テオ。硬くなっているぞ」

くちゅくちゅと淫靡な音が下腹部から聞こえる。テオの硬直を湿ったやわらかな肉球が擦り上げる。濡れているのは自身の愛液であるなど考えもしない。ただ擦られると全身が粟立つような快感が走り抜けるのだ。

「いいぞ、いい具合に力が抜けている。テオ。そなたにまだ注ぐ。よいな？」

「クラ、イド……ま、待って……あ、あぁ……んっ、あああっ！」

体の中に埋められていた長大な硬直がズズッと動き出した。さっきの摩擦とは比べものにならない。一気に内臓を引き抜かれるような怖さに襲われて、テオはベッドシーツを握りしめた。

まさか目が覚めた自分の体がこうなっているなど、思いもしない。クライドに会えてうれしいのに、次にやってきた衝撃に心が追いつかない。

「ひっ……ぁ、ぐ、うっ……んんっ、それ、だめ、あ、や、だめ……」

クライドの硬直が出ていったかと思うと、再びテオの中に押し入ってくる。肉筒を擦られ、初めて感じる快楽に体が跳ねた。

（なに、これ、あ……いやだ、これ、怖い……っ）

クライドの抽挿がだんだん速くなっていく。雄を受け入れるような場所ではないそこから、湧き上がるその気持ちよさは形容しがたい。

「私ほどのものの大きさを受け入れるには、かなり準備が大変だった。しかしいい具合に緩んでいるだろう？　よくなってきたか？　前はぐっしょりだ。テオ、私を見ろ」

胸の粒を舐め回していたクライドが、テオの顎を摑んで顔を正面に向ける。熱に浮かされたような虚ろな目でクライドを見る。眦から涙がいくつも零れた。それをクライドが舌先で舐め取り、中途半端に開いた口に舌を滑り込ませてくる。

「は、ぐぅっ、ぅんんっ、は、くっ、ぅんんっ」

大きな舌がテオの口の中を舐め回す。上顎を長い舌が何度も往復して、まさかそんなところで自分の屹立が反応するとは思わなくて驚いた。

「ここがよいか？　そなたのかわいい肉棒が反応している」

「や、ら……も、クラ、イド、や、ぁ……」

溜まりに溜まった熱を爆発させたい。胸の先から上顎から、クライドの手の中に握られた硬直から。そして後孔に塡め込まれた長大な熱塊の擦る肉筒から、止めどない快楽が注ぎ込まれる。これ以上、今の状態を保つのがつらかった。

「いいぞ、私の手の中で達するがいい」

「あ……、やだ、はや、い、あっ、あぅっ、で、でる……ひっ、あぁ、ああっ！」

全部を同時に刺激される。テオを追い詰めるような抽挿と、熱塊を激しく扱かれ、ちゅうっと胸の先を吸い上げられた。目の前が白くなっていく。快楽の波が襲いかかり、テオはそれに身を委《ゆだ》ねた。

「締まる……っ」

クライドの切羽詰まったような声が聞こえたかと思うと、ずんずんとテオを突き上げていた硬直が最奥まで入り込んで止まった。奥の奥で熱が注がれている。

「あ……あつ、い、ここ、すごい……」

「ああ、私のを、奥に注いでいる。分かるか？」

ずっと胸の先を吸っていたクライドが、テオの首筋を小刻みに舐め回し、そのまま耳の後ろに舌を這わせてくる。全身が敏感になっているテオは、どこに触れられてもビクビクと体を反応させた。

「グルルルルル……」

唸り声を上げたクライドが、項《うなじ》に鼻先を突っ込んだかと思うと肌に牙を立てた。首筋に軽く牙を当てて甘噛みしてくる。だがそうされても怖くはなかった。強く噛むはずがないと知っているからだ。

「すごい、クライド……ここ、熱くて、いっぱいだ……」

重だるい腕を持ち上げたテオは、クライドの鬣を撫でた。これで終わり、とそう思ったのだが、最奥に濃厚な口づけをしているそれからはまだ熱が引かない。

「テオ……」

肩で息をしながら余韻に浸っていると、クライドに名前を呼ばれた。

「なに？」

「もう一度、だ」

勢いよくテオの中からクライドが出ていく。あまりに激しく肉筒を擦ったので、反射的に体が震えた。そして中に注がれたクライドの子種があふれ出てくるのが分かった。

（うわ……出てる？　漏らしている、みたいだ……）

大きな屹立を咥《くわ》えていた後孔は、すぐには締まらず口を開けているのだろう。そこからクライドの熱があふれている。だがそれもつかの間、体を横向きにされたかと思うと、腰をひょいと持ち上げられた。頭をベッドに横たえる格好で腰だけが高く掲げられる。

「あの、え……クライド？」

「念のために、もう一度……注ぐ」

ぐちゅ……と後孔に屹立の先端が押し当てられた。ずっと太いものを咥えていた肉環は、安易にクライドを飲み込んでいく。

「あっ、あっ、また……はい、入ってくるっ」

「今度は浅いところを存分に突いてやろう」

奥まで入ってこないクライドの熱塊が、テオの浅い部分を何度も往復するように動き始めた。そのたびにねちゅねちゅと淫靡な音が聞こえる。クライドとの接合部分は、先に注がれた精があふれ、摩擦で泡立ち白く縁取られていた。塊になったそれがベッドシーツにボタボタと落ちる。

「……ふっ、あっ、んんっ、そ、そこ……いい……そこ、すご、く……っ」

「ここがいいのか？　上手に私を締めている」

クライドがテオの細い腰を両側から摑み、浅いところを執拗《しつよう》に擦る。ときどき腰を回し抉《えぐ》られると、太股がぶるぶると震えた。さらには力をなくして下がっているテオのそれを握り、やわらかな指先で揉まれる。

「ひ、……あ、あふっ、んっ……！」

前と後ろを同時に弄り回されて、あっという間に強い快感が腰に広がった。クライドの指が丸みを帯びた先端を執拗に撫で上げる。小さな孔からはとろとろと透明な愛蜜があふれ、クライドの指の動きをなめらかにした。

「どうだ？　ここも硬くなってきたぞ。テオ、もうそなたを失いたくない。あんな真似は、もうしないでくれ……」

クライドの切なげな声が聞こえた。あんなこと、と言われたが、テオは思い出せない。クライドがクライドであることは分かる。なのにそれ以外の記憶の大部分が曖昧《あいまい》なのだ。

「あっん、あ、あぁっ、んっ、んっ、はぁ、あっ、ああっ！」

クライドの言葉の意味を考えたいのに、体を揺さぶられて気持ちよくされてしまう。手の中に握られたテオの屹立は、力を増し今にも弾けてしまいそうだ。

「テオの声はいいな。かわいい……」

呟くように言ったクライドが、ずっと浅いところを突いていたのに、いきなり奥まで突き上げてきた。

「ひぃっ……！　あ、あ、はぁ、あああぁん！」

目の前に白い光が散った。背中が甘く痺れ、強烈な愉悦が走り抜けていく。中途半端に口を開いたテオは、あまりに強い快楽に息を詰めた。その口の端からとろりと唾液が流れて顎を伝う。熱くなった腰は溶けてしまいそうで、クライドが与える快感を追い求めた。

「すまぬ、また注ぐぞ」

限界まで引き抜かれて、それより速い速度で突き入れられる。クライドの硬直に肉筒の全てを擦られ、強すぎる喜悦に絶頂はあっという間にやってきた。

「んぁっ！　ああっ、も、あああ……だ、め……だめ、だ……っ！」

ビクビクと不規則に体が震え、テオを扱く手の中に白濁を吐き出す。ほとんどなにも出ない状態だったが、僅かな残滓《ざんし》がベッドシーツに滴り落ちた。

「くぅ……っ」

背後でクライドが声を上げ、テオの中をしとどに濡らす。何度も達しているとは思えぬほどの量と勢いと熱だ。過激な交わりは一体いつ終わるのだろうと、テオはそんなことを考える。意識が戻って間もないのに、もう二度も射精させられた。それなのに硬直の先端から、とろとろと白濁が出続けている。

「や、とまら、ない……あ、あぁ……」

絶頂を極めたはずなのに、クライドの手はテオの屹立を離さない。

「あまり出なくなってきたな」

指先でテオの出した欲望を確認するみたいに塗り込めてくる。そしてまるで毛繕いでもするかのようにテオの背中を舐めてきた。長い舌がテオの脇をくすぐり、そのまま上半身を横に向けられて胸の先を弄られた。さらに硬度を保ったままのそれをクライドは抜こうとしない。

「あっ、ん……ま、まだ……？」

もうこれ以上の快楽はいらない、とテオはそう思っていた。これ以上されると自分がどうなってしまうか分からない。

離れたくないしクライドと抱き合っていたいとは思う。だが存分に愛を注がれて体も心も過剰なほどに満たされている。それなのにまだクライドはテオの中にいた。

「そなたの中から出たくないのだ。テオ、すまない……」

「う、そ……あっ、あ、んっ！　や、やあぁ……っ」

体を横にされ、片足をクライドの肩に担ぎ上げられる。繋がったところから注いだ白濁があふれてくるのに、また熱塊を奥まで突き入れられた。まだまだ終わらない愉悦の渦に、テオは再び落とされる。

　ぼんやりしながら美しいガーデンの景色を眺めていた。敷地の中には隙間もないほどの薔薇が植わっている。この薔薇を自分が手入れしていたなんて信じられなかった。

　テオはクライドの血を飲み生死の境を彷徨い、そして解毒の儀式を受けた。クライドの体液を粘膜から直接体内に吸収させるため、儀式の部屋で三日三晩抱かれ続けた。

　しかしテオの記憶は切れ切れになっていて、まだいろいろと繋がっていない。薔薇の手入れの方法や、このガーデンがどうして薔薇でいっぱいになっているのかも分からないのだ。

「ここにいたか。この場所が好きか？」

　森の入り口からクライドが姿を見せた。傍まで来てテオの隣に立った。自然とクライドの腕に自分の腕を絡ませて、そっと頭を寄せる。テオはジェスターの国民と同じ服装で、すっかりここの空気に慣れていた。

「好きだ……。ここはすごく心が落ち着く」

「そうか。ではそこに座って少し話そう」

　小屋の前にある丸テーブルに連れてこられた。ここでクライドとお茶を飲みながら薔薇を眺め、いろいろと話すのが日課になっている。とても穏やかでやさしい時間だ。

「どこまで話しただろうか」

「僕が薔薇の手入れを忘れているから、カミラが教えてくれると昨日クライドは言っていたな」

テオは尾てい骨の辺りに手を伸ばし、むず痒《がゆ》いその場所を掻《か》いた。ここ最近、同じところが痒くて仕方がなかった。

「少し思い出したのだ。薔薇を剪定するのには、特別な鋏を使うのだろう？　カミラにそう言えば、思い出したのかと驚いていた」

テオは穏やかに微笑んで、目を細くして美しい薔薇を見つめた。

最近は二日に一度はクライドに抱かれている。どうしてそうしなければいけないのかを聞かされたが、理由はなくてもテオはしたいと思っていた。クライドに抱きしめられ、愛情を注がれると満たされる。心も体も全てを明け渡し、クライドの腕の中が一番安心できる場所だと本能で知っているようだった。

「クライド、今日は注いでくれるのか？」

まるでなんでもない普通のことのように尋ねると、ピクンと尖った耳が動いた。

「……そうだな。注ぐたびに記憶が戻りつつある。テオは思い出したいのだろう？」

「ああ。僕にも父と母が……い、いたと……」

目を見開いたテオは、そのあとの言葉が出なかった。脳裏に一瞬だけ見えた場面に気を取られたのだ。それは薄暗い部屋の中で、ベッドサイドに座る銀髪の男を見上げている光景だ。とても近しい誰かがいたような気がする。

「どうした？　なにか思い出したか？　本当は私がすべてを話してしまえばよいのだろうが、そなたが自分で思い出すというから黙っていたが……そなたには――」

「――兄がいた」

クライドの言葉の先をテオが言う。ぼんやりしていた眼差しに光が戻る。手を握ってくれた兄の顔が脳裏に浮かび上がった。それに付随して兄との記憶が、まるでグラスからあふれる水のように次々に思い出される。

「そうだ。そなたには兄がいた。思い出せたか？」

「……ああ。全てではないが、兄が、いた……」

向かいに座るクライドにやわらかな笑顔を見せる。

自分がこのジェスターの人間ではない自覚はあった。森の外で生活をしていた実感はなかったが、兄を思い出し、城で生活していた過去を現実として受け入れ始めた。

「……兄はなぜかいつも悲しそうな目をして僕を見ていた。だが、そのときの僕は、兄の気持ちを理解していなかったように思う」

今頃そんな兄の感情の機微に気づくなどおかしいなと思う。そして戦に出て自分が兄に助けられたことや、森の中で父と兄の二人に対峙《たいじ》した場面なども徐々に戻り始めた。

「ときどき、兄の姿を見に、あの城へ行ってもいいだろうか」

「……戻りたいのか？」

「いや、そうは思わない。ただ、兄の元気な姿を、見たいと思った」

まるっきり全てを捨ててしまうのは寂しい。本当は姿を見せて兄と話がしたいと思う。冷たいようでいて、兄が不器用なやさしさを持っていると知った。だから兄の顔くらいは見たいと思っている。

「遠くからならば、兄の姿を見るのは可能だ。だが、あの場所へそなたを返すつもりはない」

テーブルに置かれたテオの手の上に、クライドがそっと手を重ねてくる。大きくやわらかい肉球がふにっと手の甲に押しつけられた。クライドの琥珀色の瞳は不安げで、それでいて悲しみの色を宿している。

そんなクライドの顔を見たテオは、重ねられた手の下で自分の手を反転させて握った。

「テオ、そなたはもう亡き者となっている。生きていると分かれば……また、つらい思いをするやも知れぬ。それに死人が生き返る、とまたあらぬ噂が出るかもしれない」

父は戦をやめたとクライドから聞かされた。テオが命を懸けて獣人王の血が毒であることを知らしめ、そして戦がいかに愚かであるかを伝えた。それで父が戦をやめてくれたのであれば、テオが体を張った意味があるというものだ。

「だがもう、父は戦をしないのであろう？　もしかして、僕が姿を見せればまた始めると、クライドは心配しているのか？」

「………」

「クライドはやさしいな」

椅子から立ち上がったテオは、クライドの隣に移動すると首に腕を回した。この鬣の感触がたまらなく好きで、いつまででもこうしていたくなる。

「分かった。ならばラストアに頼み、姿を消せるような術をかけてもらおう。そうしたら城の近くまで行っても見つからないだろう」

クライドの手がテオの背中に回る。温かく大きな手が背中を撫で、もう片方の手が尻の下の方へ回る。グイッと持ち上げられて、膝の上へ横向きで座る格好になった。

「それほどにも城が恋しいか？　そなたを苦しめた思い出しかないのだろう？」

「そうだが、でも……あそこには母上との思い出もあるのだ」

つらい思い出ばかりではなく、僅かでも母と過ごした記憶があるのだ。

「僕は大丈夫だ。クライドからは離れない。それだけは約束する」

全ての記憶が戻らない不安はある。膝の上で抱きかかえられ、この腕の中にいるのはとても心穏やかでいられた。

「ああっ！　テオがクライド様に甘えてる〜」

突然、甲高い声が聞こえた。もう今では聞き慣れたエルシーの声である。耳の羽根をバサバサと羽ばたかせて近づいてきた。テーブルの上にちょこんと下りて、クライドとテオの顔を交互に見る。

「いいだろう？　エルシーも一緒に甘えるか？」

「甘えたぁ〜い！」

そう言ったエルシーがテオの腕の中に飛び込んできた。だがそこはクライドの鬣の上でもある。二人で鬣に顔を埋めて微笑み合う。クライドも穏やかな顔で見下ろしていて、幸せそうなその目に笑顔を向けた。

広いベッドの上で、テオはクライドの枕《まくら》に頭を乗せていた。白くてふかふかで温かい。背中は毛布より暖かな毛が素肌に触れている。衣服を身につけずこうして二人で抱き合うことが増えた。

「ん……」

寝返りを打つと目の前にクライドの鬣があり、すぐ傍に寝息を立てている顔があった。そしてまた尾てい骨が痒くなり手を伸ばす。

(なんでここばっかり痒いんだろう)

触ってみると今日はそこに異変があった。指先にざらっとした感触があったのだ。何度触ってもそこになにかある。驚いたテオは体を起こした。隣で眠っているクライドを起こさないようベッドから下りる。

(どうなってるのだ？)

部屋の壁にかかった大きな鏡の前までやってきた。自分の裸を鏡越しに見て少し驚く。白い肌には赤く小さな花がたくさん咲いていたからだ。

(クライド……いっぱいつけすぎだ)

赤面しながらも尻を鏡の方へ向け、上半身を捩って鏡を見た。そこには見慣れないものがある。

「これ、なんだ？」

尾てい骨の辺りから白い毛のようなものが生えていたのだ。指先にざらつきを感じたのは毛が生えてくる途中の手触りだったらしい。

「なんで、こんなところに毛が……生えるのだ？」

右から見ても左から見ても、それはやはり毛だ。しかも触れば触るほどむず痒くなってくる。

（おかしいな……こんなの）

懸命に鏡を見ながら確認していると、微かな衣擦《きぬず》れの音にテオはそちらへ顔を向けた。クライドが起きたようだ。

「どうした、テオ」

鏡の前に立って自分を映して見ているのが見つかって恥ずかしくなった。くるっと背中を向け、その場でもじもじしてしまう。

「テオ？」

ベッドからクライドが下り、こちらに歩いてくる気配がある。小さな音も敏感に聞き取り、クライドの甘い香りが背後に来るのも感じた。

「な、なんでもない」

「それは嘘だな。これを見ていたのだろう？」

クライドの手が尻に触れた。ひやりとした肉球の感触に、ひゃっ、と声が漏れる。その指先が尾てい骨に生える毛を撫でた。

「これがなにか、知りたいのか？」

俯いたテオは無言のまま小さく頷く。すると体がふわりと浮き上がり、クライドに横抱きに持ち上げられた。そのままテラスの近くにある大きなソファにクライドが腰を下ろす。

「思い出してみろ。そなたが見たと言っていた、あの夢の話だ」

意識がない間、夢の中で母に会っていたとクライドに話した。その場には実の父親だという、ウサギの獣人がいたことも。生死を彷徨っていた間、魂であの世の父と母に出会ったのだろうと教えられた。

テオの首には母が残した青い石が下がっている。この石を見つけたのはエルシーとラストアだった。

――これって、ジェスターの鉱石だよね。

エルシーの言葉に驚いたテオは、この石を母にもらったのを思い出した。どうして人である母がこの国の鉱石を持っているのかと考えた末、本当の父親がウサギの獣人で、その獣人からもらったとしたのなら得心がいく。

――テオのお父さまがウサギの獣人なら、この石を持っていてもおかしくないわね。

エルシーにそう言われ、この石だけが本当の両親と自分を繋ぐ絆《きずな》のような気がして、たまらなくうれしかった。

「そなたには獣人の血が半分だけ流れているのだ。母が人で父がウサギの獣人。ならばそなたの治癒の能力や視覚の変化、そしてここ……」

クライドの指先がテオの尾てい骨に触れた。やさしく撫でられるとくすぐったくて、無意識に尻がもじもじしてしまう。

「この変化は、獣人のものだ」

「では、僕にもウサギの耳が生えるのか？」

純粋にそう疑問に思って聞いたのだが、クライドは驚いた顔を見せたあと、喉の奥でクツクツと笑った。おかしなことを言ったかと思い、頬がじんわりと熱くなる。

「どうして笑うのだ？」

「いや、そなたに耳が生えても違和感はないだろうなと思ったのだ。白くなったこの髪と肌によく似合いそうだ」

絶対にそんなふうに思ってないだろう、と考えながらクライドの鬣を摑んで引っ張った。

「んっ……」

下を向いたその鼻先にキスをする。そしてにっこり微笑んだ。

「耳が生えて獣人になれば、クライドと同じになれる。それはとてもうれしいことだ」

「私は、テオが何者でも構わないぞ。そなたはそなただ」

クライドの言葉にテオは大きく目を見開いた。そして首に抱きついて顔を埋める。

「ありがとう……クライド。僕も同じだ。クライドが何者でも、きっと愛してたよ」

素肌に触れるクライドの真っ白な毛は心地いい。そして抱き合って体温を感じていると、腰の奥が熱くなるのは必然だ。

「クライド、今日は寝坊しよう」

言葉の意味を察したクライドが頷き、テオの体を抱き上げた。広いベッドの上で再び二つの熱が重なり合った。

会いたくて

「クライド、ちょっといいかな？」

テオはクライドがいる書斎の扉を開け、顔を覗《のぞ》かせて問いかけた。デスクの前に座っていたクライドがこちらに気づいて顔を上げる。

「どうした？」

マズルに小さな眼鏡《めがね》を乗せているクライドが、それをゆっくりと外す。テオはもじもじしながら部屋に入り、クライドの傍《そば》まで歩いていった。

「あの、少しクライドにお願いがあって来たのだ」

クライドの手がテオの腰に回され、そっと体を引き寄せられる。凭《もた》れかかるようにして体を預け、かわいらしい顔で上目使いに見上げた。

「そんな目をして、私を誘っているのか？」

クライドの大きな手がテオの頭を撫《な》でる。側頭部からは垂れ下がった白い耳が伸び、服で隠れて見えないが、尾てい骨の辺りにはぴょこんと飛び出した尻尾《しっぽ》がある。徐々に変化してきたテオの体は、半獣の姿に変化していた。

「実は、僕の体、もう少し変化するみたいなんだ。半獣人からもっと」

「もっと？」

「うん。見てくれる？」

クライドが頷《うなず》くのを確認して、テオは二、三歩下がる。そしてぎゅっと目を閉じて体の中に力を込めると、全身がざわつくのを感じてそれに集中した。

「テオ……」

クライドの驚いた声が聞こえた。成功したようだ。テオは目を開き、着ている服を脱いでいく。全身が真っ白な体毛で覆われ、人の欠片《かけら》はほとんどなくウサギに変化していた。

「どうだ？　僕、ウサギになっているだろう？」

「いつの間に……」

「こっそり練習してたんだ」

ぴょんとクライドの膝《ひざ》の上に飛び乗った。落ちないようにと、大きな手がテオの尻《しり》に添えられる。クライドを見上げると、その目はかなり驚いているようである。

「それでこの姿なら、その……リカドールへ行っても僕がテオだと分からないと思う」

様子を覗《うかが》いながら言うと、クライドの表情が途端に渋くなった。

「帰りたいのか？　あの城へ」

クライドの硬い声を聞いて、許しはもらえないだろうと思った。テオはリカドールではもう亡くなった存在だ。だからウサギの姿なら、こっそり見に行くくらいはいいだろうと思った。

「ううん、そうじゃない。僕の生きる場所はここだ、クライドの傍だよ。でも、兄さんの様子を見たいんだ。ひと目でいいから姿を見たい――」

「テオの兄は、お前を気にかけていた。最後に見たあの目は今でも覚えている」

「………」

クライドとの間に沈黙が落ちた。テオはドキドキしながら返事を待つ。

「条件付きだ」

「えっ！　じゃあ行ってもいいの？」

瞳《ひとみ》をキラキラさせてクライドを見上げると、彼は困ったような顔を見せる。

「そんなにうれしそうにするな。条件付きだと言っただろう」

「それでどんな条件だ？」

テオはもうワクワクして無意識に尻を振っていた。

「私も一緒に行く」

どや顔でクライドが言うものだから、テオは笑顔のままで固まった。だがそれは冗談でも嘘《うそ》でもなく本当だったのだ。

王としての仕事が忙しい中、クライドが時間を作ってくれた。二人でリカドールへ行くため準備を進める。

「いいですか？　私の術はきっかり三時間で切れます。切れたらお二人の姿は人に見えるようになります。なので時間は絶対に守ってください。まぁテオはウサギの姿なので見られても違和感はないですが、クライド様は別です」

術をかけるために呼ばれたラストアが、心配そうな顔で説明してくれる。

「クライドが目撃されたら、きっと城中パニックになるだろうな」

テオはそう言いながら左手でクライドの鬣《たてがみ》をさわさわと撫でている。準備はすっかり整っていた。服を全《すべ》て脱いだテオの体は真っ白な毛で覆われ、人だとは誰《だれ》も気づかないだろう。その隣でクライドも同じように服を脱ぎ始めた。

ラストアに術をかけられたテオは、うれしくてぴょんぴょん跳びはねるように森へ入る。その後ろをクライドが続き、二匹でリカドールを目指す。

ほどなくしてテオとクライドはリカドールのラニステル城付近までやってきた。人に姿は見えないが、それでも息を殺して木々の間から城の裏庭を覗く。庭師の男が大きな鋏《はさみ》を持って手入れをしている。美しい薔薇《ばら》がたくさん咲いており、それを見たテオは懐かしさに目頭を熱くした。

『大丈夫か？』

クライドがテオの耳元で囁《ささや》いた。大きな舌がテオの背中を何度も舐《な》める。気遣ってくれているようだった。

『うん。平気。少し泣きそうだけど』

二人は森の中を歩き、テオがよく座っていたガーデンベンチの見える場所にやってきた。そこには兄の姿がある。ベンチに座り、ぼんやりと森を見つめていた。

『兄さん……』

『テオ、出るな』

制止するクライドの言葉を聞かず、テオは思わず森の中から出ていた。だが兄にはこちらの姿は確認できない。それでももっと近くで兄の顔を見たかったのだ。

『兄さん、僕は生きているよ』

聞こえるはずもないが、小さな声でそう言った。すると兄がなにかに気づいたように顔を上げた。視線はテオの方を向いている。ドキッとした。

「テオ……？」

兄の言葉に胸が弾む。再び兄に名前を呼ばれる。こんなにうれしいことはなかった。言葉を交わすのもお互いに触れ合うのも叶《かな》わないが、兄とテオの間になにか繋《つな》がっているような感覚があった。

「どうされました？　ヘクター様」

庭師が通りかかりヘクターに声をかけた。もちろん庭師にもテオは見えていない。

「いや、そこにテオがいたような気がしたんだ。ひょっこりと森から姿を見せるのではと思ったが……それはもう、叶わぬのにな」

ヘクターが泣きそうに微笑《ほほえ》み、ベンチから立ち上がった。テオと兄の間に風が駆け抜け、薔薇の花弁が風に舞う。テオは瞬《まばた》きもせずに兄を見つめていた。しかしヘクターは背を向け歩き出す。

『兄さん、元気でいてください。僕は——幸せに生きています』

『テオ、そろそろ時間だ』

クライドが背後から顔を擦《こす》りつけるようにして伝えてくる。

『——うん。行こう、クライド』

テオも兄に背中を向ける。会って話すのは叶わない。だが姿を見られてテオはうれしかった。少し寂しくて、鼻の奥がツンとしたけれど胸いっぱいになった。

『帰ろう、クライド』

森の中を歩き始めると、ラストアの術が解けていくのが分かった。だがもう国境を越えジェスターに入っている。テオは立ち止まり、二本足で立ち上がった。体が人へ変化していき、尻尾と耳だけが残る。服は着ていないので裸だが、傍にいるのはクライドだけなので別に構わなかった。

「テオ、泣いているのか？」

「ううん。泣いてない。でも少しだけぎゅっとして欲しい」

クライドも立ち上がり、大きな手と太い腕でテオの体を抱きしめてくれた。鬣に顔を埋め、本格的に泣きそうになる。

「兄さんが僕の名前を呼んで、生きているような気がすると言っていた」

「そうだな」

「顔を見られてよかった。ありがとう、クライド」

「このくらい雑作もない。……テオ、帰ろう。私たちの城へ」

ふわりと体が浮き上がる。クライドが抱き上げたのだ。驚いて思わず鬣にしがみつく。

「僕を子供だと思ってるのか？」

「今は、大きな子供でいい。私に抱かれていろ」

クライドがのしのしと歩き出す。テオは大好きな人の腕に揺られながら、ほんのちょっぴりだけ泣いた。

あとがき

こんにちは。柚槙ゆみです。ラルーナ文庫さんでは二冊目の著作となります。初めましての方もいらっしゃるでしょうか？　「獅子王と秘密の庭」を手に取ってくださり本当にありがとうございます。

実は舞台設定が全て架空のファンタジーＢＬを書くのは初めてです。一度書いてみたいと思っていたので、うわ～願いが叶った！　って感じですかね（笑）。

今回の物語は中世が舞台になっています。架空の国の名前や配置など、ＭＡＰ作りとかは好きで、そういう部分から決めていくのはとても楽しかったのを覚えています。イメージ画像や写真なども探していると、あっという間に時間が過ぎました。本当に楽しかったです。

さて今作の主人公テオハルトは、自分の特別な能力を憎み、亡くなった母以外には愛されていないと思いながら絶望の中で生きていました。

しかしクライドや他の獣人たちに出会い、秘密の庭で心を癒やし、彼は少しずつ変わっていきます。父親に従い怯えていたテオが、初めて自分から命をかけて大切な人を守りたいと思いました。その辺りを上手く書けたかどうか、物語として読者さんに楽しんでもらえたのかどうか、あとがきを書きながらとても不安に思っています（笑）。

しかし今回も超素敵な表紙と挿絵がございますので、きっと大丈夫ですよね。吸水先生はSNSで存じておりました。この物語のイメージは吸水先生のイラストだったので、引き受けていただきすごく嬉しかったです。そしてさらに、キャライメージイラストやラフや下絵、それを見たときの感動は言葉にできないほどだったのを覚えています。

美しい、なによりも美しい……のひとことです。担当してくださって本当にありがとうございました。

そして今回もご尽力くださった担当様、ありがとうございました。

最後になりましたが、ここまで読んでくださった読者様に最大限の感謝をお伝えしたいと思います。ありがとうございました。よろしかったら感想などいただけるとうれしいです。

では、またどこかでお目にかかれるのを願っております。

バレンタインの頃　柚槙ゆみ

本作品は書き下ろしです。

ラルーナ文庫

この本を読んでのご意見・ご感想・ファンレターなどお待ちしております。〒111−0036 東京都台東区松が谷1−4−6−303 株式会社シーラボ「ラルーナ文庫編集部」気付でお送りください。

獅《し》子《し》王《おう》と秘《ひ》密《みつ》の庭《にわ》

2020年5月7日 第1刷発行

著　　者｜柚槙《ゆまき》 ゆみ

装丁・DTP｜萩原 七唱

発 行 人｜曺 仁警

発 行 所｜株式会社 シーラボ
〒111-0036 東京都台東区松が谷 1-4-6-303
電話 03-5830-3474／FAX 03-5830-3574
http://lalunabunko.com

発 売 元｜株式会社 三交社（共同出版社・流通責任出版社）
〒110-0016 東京都台東区台東 4-20-9 大仙柴田ビル 2 階
電話 03-5826-4424／FAX 03-5826-4425

印刷・製本｜中央精版印刷株式会社

ISBN978-4-8155-3236-9